SV

Band 1533 der Bibliothek Suhrkamp

Florjan Lipuš
Die Verweigerung der Wehmut

Aus dem Slowenischen
von Fabjan Hafner

Suhrkamp Verlag

Die slowenische Originalausgabe erschien 1985 unter dem Titel
Jalov Pelin im Drava Verlag, Klagenfurt/ Celovec.

Erste Auflage 2023

Die deutschsprachige Erstausgabe erschien 1989 im Residenz Verlag.
Weitere Veröffentlichungen der Übersetzung von Fabjan Hafner
erschienen 1998 im Suhrkamp Verlag und 2007 im Wieser Verlag.

Umschlaggestaltung: Willy Fleckhaus
Druck: Pustet, Regensburg
Printed in Germany
ISBN 978-3-518-22533-2

www.suhrkamp.de

Die Verweigerung der Wehmut

I

ZUM ATEMHOLEN INS GEBIRGE

Als der Morgen über der Stadt erwachte, erwachte er tief in den Häusern, und nichts drang bislang heraus auf die Gassen und Plätze. Der Zug stürmte aus der Nacht herbei und stürzte sich in den entstehenden Tag, rasch wird er den Mittag umfahren und sich in den Nachmittag neigen. Die Strecke zog sich teuflisch hin. Unterwegs stieg er einige Male um, vertrat sich die Beine und saß auf Bahnsteigen herum. Je weiter sich der Zug von der Stadt entfernte, umso lockerer wurde ihm seine einstige Welt, umso weicher die alten Bilder, unterdrückte, verdrängte Landschaften stürmten herbei vor das eilende Fenster, erfüllten sich langsam mit einstigen Inhalten, wurden lebendig, tauchten auf aus ferner Vergangenheit, während Wolken hinter den Bergen hervor aufstiegen, dazwischen Stücke heiteren Himmels. Die Umrisse wurden schärfer, und verglich er sie mit denen in seinem Gedächtnis, erwies sich, daß die im Gedächtnis deutlicher und mächtiger waren als die nun wirklichen draußen in der Natur. Die im Gedächtnis hatten seine Umgebung entstellt, sie mit Beschlag belegt und in Luft aufgelöst, sie verdrängt und waren an ihre Stelle getreten. Nun korrigierten seine Augen diese Entstellung, die neu belebten Teile der Außenwelt rückten das Verzerrte wieder an seinen angestammten Ort. Ja, diese Grasharfe stand auch heutzutage noch dort unterhalb des Waldes. Und der mächtige Stall des Großbauern mit dem Weidennetz, den Zäunen und Tränken war nun in Wirklichkeit nicht nur bescheiden und winzig, sondern auch seitwärts weggedreht, mit der Stirnseite dem Moorgrund zugewandt, wo schon von weitem zu sehen war, daß er sich absenkte, ragte doch der eingesunkene Zaun kaum noch aus dem Morast: in seiner Erinnerung war die Stirnseite dieses Stalles bisher immer hierher gewandt gewesen, in die Ebene, die der Zug nun einnimmt. In diesen Jahren hat sich vieles in dieser Landschaft verschoben, doch etliche ihrer Eigentümlichkeiten hätte er erkennen müssen und doch fuhr er an ihnen vorüber, als führe er zum ersten Mal.

Von allen Begräbnissen ist ihm nur das der Großmutter unbeschadet in Erinnerung geblieben. Was von allen anderen blieb, war nur ein Verwinden, ein Verschwinden, ein Verscheuchen von Gesichtern. Verbleichen sie, weil er an ihren Begräbnissen teilgenommen hat oder, im Gegenteil, weil es jeden seiner Verwandten zu weit von den anderen verschlagen hat, in der Welt verstreut jeder für sich alle einzeln und anders, und es zu beschwerlich gewesen wäre, an den Begräbnissen der anderen teilzunehmen? Von dem der Großmutter hatte er alle Einzelheiten bewahrt, selbst das Trommeln der Erde war aus Kindertagen geblieben, und heute, als er nach langem wieder zu einem Begräbnis reist, hört er sie wieder hohl niederfallen auf ihren Sarg. Sein Klumpen fiel fehl: mit der unvermeidlichen Kerze in der einen Hand, in der anderen das Schaufelchen, verklebt, beschwert mit Lehm, scharrte er herum in der harten Erde und konnte das für ihn zu schwere Gerät nicht in den Haufen vor sich rammen. Nur ein Happen Erde blieb an der Spitze haften, und selbst der plumpste weder hinab noch ertönte er, sondern schlitterte schmierig und verstimmt ins offene Grab.

An dem Tag, als die Großmutter zum Bauern in der gegenüberliegenden Leite ernten ging, stand sie früh am Morgen auf. Sie erledigte den Kleinkram an der Feuerstelle, räumte auf, putzte, stellte die Speisen auf den Tisch und ins Kühle in den Kasten für die Späteren, erledigte alles im Haus und legte die Dinge sorgsam in die Schränke; das Haus, ihr Zimmer hinterließ sie in geordnetem Zustand, als verreise sie für längere Zeit. Den Kindern legte sie am Bett ihr Gewand und frische Wäsche bereit, schön gebügelt und zusammengelegt, und die saßen mitten in der Woche im Feiertagsstaat in der Schule und verstanden freilich selber nicht, warum dieses Abweichen von der Gewohnheit und wozu diese Sonderbedienung, wo sie doch sonst Wäsche und Gewand nur am Wochenbeginn wechselten und allein. Und was sie bisher nie getan hatte, tat sie heute: für alle ohne Vorbehalt packte sie die gleiche Jause ein. Bislang hatte sie Unterschiede zwischen den Kindern getroffen: das Brot belegte sie nur für die Ihren und oft drückte sie ihnen eine süße Leckerei in die Faust, die anderen bekamen bloßes Brot mit auf den Weg. Und beim Tischgebet hatte sie für die Ihren größere, schönere Stücke im

Sinn, und drehte in der Kirche den Kopf in demütiger Bitte nach links oder rechts, sammelte ihre Kräfte und spannte den Kiefer an, um möglichst viel Verwirklichung auf die Ihren, denen sie diese Verwirklichung zugedacht hatte, zu übertragen, doch wenn sie den Kopf aufrecht hielt, sich nach den anderen Frauen umsah oder von der ersten Bank aus Interessantes in den anderen Bänken zu entdecken begann oder einer bekannten Stimme auf der Empore lauschte und vor Unwillen die Augen zukniff, wenn die Sänger sich im Ton vergriffen, dann betete sie für ihre gewöhnlichen Enkel. Auch das Gerstenkorn erntete sie nur bei den Ihren: wenn sie den Zauber aussprach und dabei die Bewegungen einer Schnitterin nachahmte, waren sie bei den Ihren entschieden und ausgiebig; anderen, die unter einem Gerstenkorn litten, erntete sie es zwar ab, doch so undeutlich und oberflächlich, daß es nichts ausrichtete; ihre Worte wickelte sie irgendwohin, verschlampte sie zwischen den Falten im Doppelkinn und verbarg sie im Kinnbacken, so daß die Kinder lebhaft spürten, wie das Gerstenkorn sich bei den einen verkleinerte, bei den anderen vergrößerte und sich auswuchs und sich bald danach auch noch die Talgdrüsen im anderen Lid entzündeten. Oder wenn sich einer der Ihren einen Splitter oder einen Span in den Finger einstieß oder einen Dorn in die Sohle eintrat, riß sie ihn sofort heraus; die anderen machten ihr keine solchen Sorgen und hinkten geraume Zeit mit dem Dorn im Fleisch mit den Armen um sich herumlangend umher. Und wenn der Vater die Kinder zu schwerer Arbeit antrieb, wenn sie auf seinem Acker die Egge schleppten, und als sie einmal das Astwerk aus dem Trog vor dem Haus brachen, unwissend, daß es eine Rebenhecke war und kein Rutengebüsch, verteidigte sie nur die Ihren, damit ihnen der Vater nicht den bloßen Hintern versohlte. Die Großmutter nahm mit Geben und gab mit Nehmen. Ihrer Gerechtigkeit wurde schon ein marmornes Denkmal errichtet und hinein die Inschrift gemeißelt, vor Milde und Güte sei sie noch warm in den Himmel aufgefahren. An diesem Morgen hatte sie für alle im Haus und für jeden gleichermaßen gesorgt, die Schlafenden geweckt und alles Notwendige für tagsüber aufgetragen, wenn sie bis zum Abend allein sein würden, sie gehe ernten, und jetzt Kinder, aus der Spaß, sonst setzt es was, woraufhin sie den Pfad durch das Haselgebüsch einschlug und hinter einem mit minderem Gehölz bestandenen Hügel verschwand.

Beim Bauern auf der Anhöhe dengelten die Mäher schon auf den Dengelstöcken kauernd, und ringsherum im Wald, auf dem Hügel und im Tal hallte es wider. Die Schnitterinnen standen umher, warteten, und nirgendwo wies irgend etwas darauf hin, was später zu geschehen hatte. Jede brachte ihre Sichel demjenigen erfahrenen Mäher, der sie ihr nach Wunsch ausdengelte, und ein Dengler, dessen Fertigkeit sich mit den Jahren herumgesprochen hatte und bekannt geworden war, konnte sich weder der Frauen noch der Sicheln erwehren. Um gute Dengler ist es nach wie vor schlecht bestellt: manche dengeln nur so viel, daß es gerade hinkommt, manche wollen auch auf dem Dengelstock den Gaul am Schwanz aufzäumen. Ein guter Dengler steckt alle anderen in die Tasche, legt Wert darauf, daß der Sense beim Dengeln keine Zitzen wachsen und daß er weder die Schneide verbiegt noch die Schärfe verdirbt; er muß es im kleinen Finger haben, wie vieler und wie bemessener Schläge das Eisen bedarf, um die Sense oder die Sichel zuzuschleifen, denn nur ein richtig geschliffenes Gerät hält seine Zeit, und man muß sich nicht schon nach ein, zwei Stunden wieder niederkauern an der Dengelstatt. Das Hocken am Boden in der Haltung, wenn die Beine gerade so weit gewinkelt sind, daß die Schneide auf den Knien hin- und hergleiten kann, ist bei so vielen Schneidewerkzeugen sehr anstrengend, so daß die Männer zwischendurch aufstehen müssen, um den Rücken zu strecken und die Krämpfe und das Kribbeln aus den Beuge- und Streckmuskeln in den Beinen zu vertreiben. Während sie laut schallend dengeln, gurren und murren die Frauen und hängen ihren Grillen nach, doch später, beim Ernten selbst, gibt es für Sticheleien weder Zeit noch Anreiz, auf den Kornfeldern herrschen Stille, Ernst und Arbeitseifer. Jetzt aber haften ihre Blicke noch an den Männern, die Frauen sticheln einander, richten aus, trüben ihnen das Wasser mit ihrem Gerede, so daß bald der eine auffahrend antwortet, bald ein anderer scheel schaut und schmollt, doch sind die Männer nicht lange aus der Ruhe zu bringen. Die Frauen betrachten nun noch übermütig die Männer, von denen ihnen der eine den Dengelhammer zu hoch schwingt und dreinschlägt wie auf Nägel, während ihn ein anderer kaum hochbringt und mit ihm herumkratzt auf dem Dengelstock, oder einer bei jedem Schlag mit dem Kopf mitnickt und ein anderer wiederum sich im Takt wiegt und im Mundwerk einen Grashalm hat und daran knabbert.

Waren die Sensen gedengelt und die Sicheln alle gewetzt, erglühte der Tag erst. Die Nebelschwaden lösten sich auf und lichteten sich, im Gras glänzte Tau, und die Sonne hatte noch gar nicht an diese Perlenpracht im Grünen gerührt und glitt erst mit den Dienstboten, den Tagelöhnern und der Familie vom Bergland herunter und erreichte das Feld. Seiner Neigung wegen wollen es die Mäher und die Schnitterinnen von oben her in Angriff nehmen. Das nicht sonderlich ährenreiche Korn war im Frühjahr zeitig hochgeschossen und hatte sich an etlichen Stellen kreuz und quer gelegt, nicht nur der Feldneigung wegen, sondern vor allem wegen des anhaltenden Regens, als da ein Wetter herrschte, daß ein Hund sich hätte aufhängen mögen. Die dichtgesäten Halme knickten, Rispen- und Ährengras zwischendrin, Disteln und Hühnerdarmkraut, die Blätter und Stengel knisterten unter den Händen. Die Frauen beugten sich, stellten sich auf den Kopf, die Männer holten stehend kräftig aus, so daß die Windstöße der Sense die Weiberröcke hoben. Der beim Ausholschwung entstehende Wind drückte das Abgeschnittene in Schwungrichtung, ein unten am Mähgrund befestigtes, in einem

Eisenrahmen in Bögen gespanntes Tuch verhinderte, daß die Halme knickten und hintüberfielen. Jeder Schwung schnitt eine Schwade ab, und die Frauen lasen für eine Garbe Ährenstroh auf, stutzten es noch händisch zurecht, brachten mit den Sicheln die Hinterteile der Garben in Ordnung und banden sie zusammen, legten sie ab, überholten die Reihe, die noch mit dem Binden beschäftigt war, stellten sich ihr an die Spitze und erfaßten mit der Sichel die Halme, und noch während die erste genug für eine Garbe zu erhaschen suchte, wurde sie von der nächsten überholt. Das Ernten war ein einziges Überholen und eine Abfolge von Figuren im Gänsemarsch, ein Beugen, ein Aufrichten, ein Rennen; nur manchmal veränderte eine besonders Schnelle oder Langsame die Reihenfolge, wobei die Schnelle jedes Mal, an ihren Platz voreilend, unterwegs die Langsame mit einem mißachtenden Blick bedachte, was sie denn so herumrücke und -drücke und wo man denn so lange herumkröche. Die Mäher trieben das Frauenvolk vor sich her, mähten hinter seinen Fersen, so daß die Fettärschigen ihre Aufgeblasenheit aus dem Weg räumen mußten und dabei so mancher der Holzschuh vom Fuß glitt. Die Kinder trugen Getränke herbei, trugen die Garben zu Schöcken zusammen, und abgefeimt wie sie nur sein konnten, nutzten sie das Niederbeugen der Emsigen aus, um, beugten sich diese nach einer Garbe nieder, einen Blick in den ausgespreizten schwarzen Himmel zu werfen, sich in den sich verjüngenden Turm zwischen den Schenkeln zu verschauen und enttäuscht die Augen abzuwenden. Die Arbeit schritt stetig voran, das Ernten ging mit gleichbleibender Geschwindigkeit weiter, nur nach dem Mittagessen, als alle Faulheit beschlich, ließ der Eifer etwas nach, ehe er wieder mit Kraft zur Arbeit antrieb.

Schritt für Schritt rückte die Reihe zur Ackerwende vor, mit ihr das Stoppelfeld; das Feld schrumpfte, hieben sie doch schon den ganzen Tag darauf ein. Jetzt stand die Sonne noch mannshoch über ihrem Untergang, und der Mann dort am Himmel war der Abendrötenmann. Die Frauen, die Mäher und die Kinder trieben das Feld mit Erleichterung dem Ende zu, am Ende mit ihren Kräften ernteten sie es ab. Es ergab sich, daß die letzte Garbe der Großmutter blieb, alle anderen waren der ihren schon entledigt, hatten das Feld verlassen und einige saßen schon im Gras herum. Nur die Großmutter band noch die letzte Garbe, ihr Weib, und als sie es gegürtet hatte und den Gürtel zusammenzog, drückte sie es noch aus, damit keine Ähren verlorengingen, stopfte das ausgedrückte Stroh hinter den Gürtel zurück und legte die Garbe zu den anderen. Noch während sie dabei war, sie in eine Reihe mit den anderen zu legen, ließ sie sich auf die Knie nieder, auf ihr Gesicht, röchelte, knackte wie ein trockener Zweig und hauchte ihr Leben aus. Sie verließ das Feld, wie das stachelige Fruchtgehäuse einer Kastanie zu Boden fällt und aufplatzt und aus ihm eine reife Kastanie springt, fortkollert, wegstiebt. Sie erlangte kein klares Bewußtsein mehr. Noch ehe die Frauen sich zurechtgefunden hatten und klar sahen, hatte sie sich ganz nahe zur letzten Garbe des Feldes gelegt. Die Garbe hatte sie zu sich hinter sich hergezogen …

Der Reisende versinkt im Sitz des sich wiegenden Zuges, nickt ein und steht im Halbschlaf wieder an seiner Maschine, die ungeheuer groß ist und ganze Baumstämme verschlingt. Neben ihm legt sein Vater Holz in die Rinne, während er, plötzlich überflüssig geworden und um seinen Broterwerb gebracht, ungeschickt dabeisteht. Das plötzliche dreiste Auftreten des Vaters an seiner Arbeitsstätte, der sich benimmt, als sei er schon seit jeher an diesem Platz gewesen und sie seien alte Bekannte, erweckt bei ihm Verwunderung und Verstörung, die sich in Wut wandeln. Überzeugt, es liege ein Irrtum vor, macht er sich verängstigt daran, das Mißverständnis aufzuklären, als den Vater die Kette an der Jakke faßt, ihn auf die Rinne zerrt und ihn in die Maschine zwischen die Messer zieht. Als die Maschine zum Stillstand kommt, ist im Haufen von Zerschnipseltem nichts mehr aufzulesen, nur die Hobelspäne sind etwas verfärbt, ein leichter Schleier hat sich über den Spänekegel ergossen, wie damals, als ein Arbeiter nach hellem Fichtenholz eine dunkle Föhre eingelegt hatte. Ein Schuh wird dort in der Nähe gefunden, bei der Sägemehlmündung, leer ist er und ganz, die Schnürriemen sind gelockert, und als er ihn betrachtet und erkennt, die Lappen auseinanderdehnt, klopft ihm jemand auf die Schulter …

Er erwacht, auf seine Schulter klopft wartend der Schaffner. Und sein Bein hat er niedergesessen und jetzt kribbelt es darin. Er setzt sich anders hin, um das Kribbeln abzustellen und den Traum zu verscheuchen, doch wenn er ihn aus einer Szene vertreibt, erscheint er ihm in einer anderen: immer wieder blitzt auf seinem Weg durch die Landschaft der Vater auf, der Schatten seines Todes schleicht sich bald von da, bald von dort heran, huscht dorthin, hierhin, ehe er nicht an einem Stamm, einem Mast zerschellt, in der Ebene verblaßt, hinter dem Wald verbleicht. Und je näher der Zug den heimischen Hügeln kommt, desto weiter entfernt er sich von seinem Vater und dessen zweierlei Toden. Je mehr er sich ihm auf Hörweite nähert, desto weiter zieht er sich aus der Hörweite zurück, und sind sie in Berührungsnähe, sind sie unendlich auseinander und ist die Entfernung zwischen ihnen grenzenlos. Vor langer, langer Zeit wurde er begraben, und alles weist darauf hin, daß die heutige Reise zu seinem Begräbnis nur ein beliebiger Ortswechsel ist, zufälligerweise aus dieser Richtung in jene, und nichts würde sich ändern, reiste er aus jener in diese. Weit zurück, in ferner Vergangenheit, hat sein Tod stattgefunden, dieses vergessene und nichtige winzige Zeichen auf dem Hügel, das du nur erblickst, wenn du an ihm vorüberfährst und sich deine Augen während der kurzen Zeit der Fahrt knapp daran vorbei ihm zuwenden; doch wenn sie in diesem Augenblick anderswo herumkreisen, versäumst du das winzige Zeichen und erinnerst dich seiner nicht einmal mehr in deinen Träumen. Was hat den Vater unter die Rasendecke gebracht ...?

Ja, jetzt hat ihn das winzige Zeichen abgeschmitzt, deutlich sieht er ihn an jenem Morgen die Anhöhe erklimmen: früh ist es noch, am Himmel Wolkengleißen, im Gras Tau, im Tau das Zirpen der Heuschrecken; dort beim Teich treibt die Weide Blütenkätzchen, ein Fisch hat nach einer Fliege geschnappt, die Maulwürfe haben wieder Erdgut aus ihren Gängen gestoßen; Flügelschlagen im Geäst, dazwischen Luft, abgekühlt und geklärt, zuletzt fein durchgeseiht durch das Sieb Morgenrot. Auf dem Land sucht man den Tag am Morgen, auch die Großmutter hat das Haus zeitig verlassen, als alles noch schlief, nun macht sich ein Greis früh in die Perlenpracht der Tautropfen auf. Schon seit langem hatten sie seinen Auswurf beim Räuspern ertragen müssen, mieden ihn, gewöhnten sich an ihn, beobachteten von Tag zu Tag den Zuwachs, und der Mann räusperte sich und spuckte aus, um leichter zu atmen. Natürlich, auf ihn hat es der Knochenmann mit der Sense abgesehen! An diesem Morgen hustet er nicht und wirft auch kein Blut aus, an diesem Morgen umfaßt er die Luft mit seinen Händen, ballt sie zu einem Klumpen, glättet dessen Unebenheiten und Kanten, und je mehr sich der Klumpen zwischen seinen knöchernen Schöpfgefäßen gleichsam aufbläht und auseinander strebt, desto stärker drückt der Alte ihn zusammen und will ihn am Boden festschrauben. Mit Fingern wie Zweigen rundet er dieses unsichtbare zuckende Nichts ab und bezähmt es, unter großen Anstrengungen zäumt er dieses durchsichtige lebendige Wesen; entkräftet, auf der Stelle festgeschmiedet, trägt er es dem Erwachen im Haus entgegen ...

Der Greis ermißt, wieviel seine alte Brust erträgt: zwei Klumpen Beklemmung haben sich heute im Brustkorb gesammelt, vor kurzem war es nur einer gewesen, drei Klumpen wird es brauchen oder vier ... Der Sauerteig ist bereitet und geht schon auf, in seinen Höhlen wird es sauer, eine schlimme Krankheit ist im Schwange, in den Höhlen kriecht, kribbelt, patscht und röchelt es, bald sind alle bis zum Ende durchsäuert, auf jenem dunklen Weg ist er, der hinführt, aber zurück nicht, die Zeichen stimmen, die Beklemmung senkt sich langsam, in immer größeren Stücken auf ihn herab: klamm wird es in der Brust, und die Beklemmung in der Brust ist nur ein Vorgeschmack auf die in der Totentruhe. Klamm ist es in der Totentruhe, doch ist die Beklemmung in der Totentruhe im Vergleich mit der Ruhe im Erdreich ein richtiger Raumreichtum. Der Greis gewöhnt sich, paßt sich der klumpigen, sauerteigigen Beklemmung an; er läßt ab, damit sie ihn einholt, und legt zu, wenn sie ihn überholt. Der Greis spricht heute in Klumpen, er verkündigt seine Zerstörung, er zeigt ihr Kommen an. In der Zeit, die ihm noch bleibt, wird er seine Orte abgehen, dann wird er ihnen willfahren. Und wirklich, schon überspringt er die Altersstufen, verläßt das Greisenalter, umflattert Dörfer und Märkte und Menschen, wird jünger, reißt die Welt nieder, überspringt

Saum und Raum, er trifft einen Unterschied zwischen seiner jetzigen Zerstörung und der starken, freudigen von einst: was er zusammendrückte, war in seinen Händen gewachsen und hatte sich zärtlich über ihn gebreitet, seinem Drücken entwand es sich schöner als zuvor, und größer, besser, stärker ging er selbst daraus hervor. Nun drückt er nur noch die Luftklumpen vor sich zusammen, und die Klumpen in ihm drücken ihn, pressen den Sauerstoff aus seiner Lunge, so daß es an Rumpf zu mangeln beginnt: gestern noch am Faden hinauf, heute schon am Seil herunter. Ein Drücken allein ist kein Drücken zu zweien. Jetzt ist es noch zu früh, der Klumpen wächst nur langsam, vermehrt sich, da sind weder Ausbrüche noch Gewalt, dieser Klumpen ist ein ruhiges, doch unbeirrbares und tiefes Wasser, das auch verborgene Winkel überflutet, wenn es sich klumpt, allein eines reicht nicht aus, und er fürchtet, daß selbst zwei seiner Zählebigkeit nicht gewachsen seien …

Sie verwendeten auf ihn keinen Gedanken, lasen ihm nicht aus diesem hohlen Klumpen, sie verstanden seine Sprache nicht. Der Greis rührte sich nicht vom Gras, erreichte das Haus nicht, die aufgeblasene unsichtbare Last lähmte ihn, zwei Klumpenblasen hatten sich bislang angesammelt und ihm beschieden, sich aus dem Vergänglichen herauszuwinden. Und als er sich herauswand und Rauch und Schaum alles war, was auf dem morgendlichen Anger blieb, huschten Vögel aus den Bäumen auf, flatterten durch die Luft und stahlen sich fort in Richtung Bronzewald. Der Wald Bronze,

Reden Silber, doch Schweigen Gold, und Gold schüttete der Greis nun vor ihnen aus im Überfluß, für sieben lange Kroatenjahre genug schüttete er hin auf den Anger, und das Gold erfüllte das Bett, durch das gerade in dem Augenblick das stille Wasser abfloß, das über diese Ufer nicht mehr treten wird.

Dem Alten rollte die Blase aus dunklem Licht in lichtes Dunkel und zerplatzte lautlos zwischen seinen Händen, seine Arme langten ins Leere. Ein wilder Klumpenkrampf im Brustkorb verzerrte seine Züge, seine Falten verzogen sich eigenwillig, sie erstarrten, pflügten frische Furchen, zeichneten das Totenmuster: vom Körper buchstabieren es die Leute, vom Rumpf erraten sie es, stammeln, doch vom Gesicht wissen sie es, vom Gesicht lesen sie fließend und im ganzen; der Körper ist ein unleserlicher Haken, der Kopf eine klare Menschenschrift. Beide überläßt er ihnen, solange er noch bei Verstand ist, nur die Augen behält er sich vor: in zwei Fältelungen hat er sie gedrückt, so daß das Licht sich zu ihnen nicht näher vordrängen konnte, als es notwendigerweise vordringen mußte; kräftig drückte er seine Lider darüber, damit das Tageslicht nicht mehr zu ihnen durchsickern konnte, er selbst hat es für sie verworfen, das eben im Morgenrot durchseihte und vorzeitig gelobte, da es aber erst ein guter Morgen war, bestätigte er sich die Verwerfung selbst. Er erledigte es mit der ihm eigenen Sorgfalt, und es wird nun kein Aufräumen hinter ihm her geben, da er reif ist für unter die Bank, um beiseite gebracht zu werden. Doch unter der

Bank wird er schönere Tage schauen mit geschlossenen Augen fürderhin.

Um jeden Preis festverriegelte Augen! Was machen schon verkrümmte, verdrehte Glieder, was ein bläuliches, schiefes Gesicht; weder Glieder noch Gesicht machen irre, irre machen die Augen, die, nachdem sie versunken waren, wieder an die Oberfläche zurückgekehrt sind und unter den Lidern hervorlugen. Ihr Weiß macht straucheln und führt irre, erschüttert und entzündet, denn es irrlichtert unter den schlecht geschlossenen, versperrten Lidern im Kerzenschein und lädt die Totenluft mit Totem, und jeder, der sie einatmet, zieht dieses Irrlichtern auf sich. Jeder der Anwesenden bezieht dieses Irrlichtern nur auf sich und kann seinen Blick nicht von dem weißen Fleck wenden, sondern starrt den Starräugigen an, ergibt sich ihm, es wird ihm schwarz vor Augen von diesem Starren, und vor Eingenommenheit wagt er es nicht, sich nach den anderen umzusehen und ihnen von den Gesichtern zu lesen, ob auch sie eine Lichterscheinung verfolgen. Ein Schauer überläuft ihn, und er wagt nicht, aus seiner Falle heraus seinen Nachbarn mit dem Ellenbogen um Hilfe anzustoßen in dieser allergrößten Not, wo man jedermanns Hilfe annähme; er nickt nicht einmal zum Zeichen, aus Furcht, sich zu verraten und sich noch größere Unbill einzuhandeln. Deshalb kann der Starräugige nach Herzenslust Besitz von ihm ergreifen, ihn mit Weißem an sich binden, und der verlorene Gefangene ahnt, wenn er sich von ihm losreißt, wird er statt Kreuzern Kleingeld besitzen und Kehricht an Kleingeldsstatt. Überzeugt ist er, daß der auf dem Katafalk nur für ihn mit seinen lästigen Augen blitze, ihm zublinzle aus seinen Orten hervor und aus seinen Zeiten heraus, die anderen würde er vernachlässigen, sich nur ihm offenbaren, nur ihm tut er seinen letzten Willen kund und erlegt er seine letzten Wünsche und Befehle und Aufträge auf, die er unverzüglich jetzt noch doch schon für die Leute zu erledigen habe. Der in der Falle Gefangene nimmt nicht wahr, und er kann es auch nicht wahrnehmen, daß auch die anderen wie er solche Lichterscheinungen erleiden, sich vor dem Irrleuchten die Augen beschatten; er nimmt nicht wahr, daß der Reihe nach alle versuchen, nicht in diesem Starren zu verharren, und weil sich jeder mitten in der Menschenmasse einsam fühlt, nichtswürdig und armselig, legt keiner vor den anderen ein Geständnis ab, keiner trägt seine Not zur Schau und seine Einsamkeit, sein Elend, jeder schämt sich ihrer, verbirgt sie und ist lieber mit seinem Unglück allein, das ist nicht für zu zweien. Und wen so ein starrsichtiger Äuger aufspießt, den läßt er nicht mehr los, und es fehlte noch, daß er mit ihm streiten würde, vorbei an der versammelten Menge, deshalb wendet sich jeder lieber von der Bahre weg und stellt selbst schon von vornherein jedes Irrlichtern ab, ehe er den Blick hin zum Katafalk wagt. Solche Toten meidet jeder, geht ihnen schon zu Lebzeiten aus dem Weg, und selbst ein Hund beschnuppert sie nicht gern, deshalb wird der Tote sein weißes Dunkel nicht ausstreuen über andere: niemandem wird er etwas zublinzeln, niemandem etwas mitteilen, alles ist getan, geschehen, gesagt, besehen.

Gegen Morgen stieß er ihnen zu, schon im Hellen und im Freien, wo das Morgenlicht der Nacht ihre Schärfe ziemlich genommen hatte. Er hieb hinein in ihren neuen Tag, noch ehe sie ihn in Angriff nehmen konnten, mitten in die sich täglich wiederholenden Morgenverrichtungen, die selbst noch nicht der Anfang des Arbeitstages sind. Ihren Morgenfrieden erschütterte er, noch ehe die Verrichtungen verteilt und die Zeitbruchteile aufgegliedert waren, damit keiner sein Schade sein sollte. Schon auf nüchternen Magen so ein Wirrwarr, das alle Pläne durcheinanderwirft, die Strähnen verwirrt, den Kopf benimmt. Solch ein Zusammentreffen in aller Frühe verkehrt den Tageslauf: nicht nach ihrem, nach seinem Willen wird der Tag heute verlaufen. Seine eigene Frühmesse hat er inszeniert und sie in die Szene eingebunden, er hat ihnen den Treffer an den Augen aufgezeigt: unter zwei Fältelungen verriegelt und unter ringförmig gerafften Lidern aufgequollen, liegen sie in ihren Höhlen, hinter ihnen hat die Beklemmung sich verklumpt, das Fleisch wird später selber gerne vom Knochen treten. Was macht es, ob er ihnen Trotz bietet oder ob er ihnen keinen Trotz bietet! Was wiegt es auf, daß er ihnen seinen Körper in geordnetem Zustand überlassen und seine Glieder nicht unnötig verrenkt hat – alles geht von da an drunter und drüber, und der Tag wird in die Binsen gehen; nicht Bruchstücke, ganze Tage werden zuschanden sein.

Und wenn zuerst von den Nachbarn, dann von überall her des Zwischenfalls wegen Leute ins Haus zu strömen beginnen, wenn die dichter werdende Menge selbst den Lauf der Dinge in die Hände nimmt und anstelle der kopflosen, verwirrten Hausleute kundig alles erledigt, was zu tun ist, damit der Alte in neuem Licht erscheint, im Licht der Rampe, auf der er in den folgenden Tagen in einer ununterbrochenen Vorstellung seine Abschiedsrolle geben wird und einmal noch, was, einmal noch: wo er erstmals in seinem Leben zum letzten Mal und letztmalig zum ersten Mal das ganze Dorf auf die Beine trommeln wird, da beginnt sogar der Ohm auf der Anhöhe Holz zu spalten. Der Hausohm wird nicht mit den anderen in den Brei blasen, sich nicht einmischen, für ihn ist im Haus nichts geschehen, weder Hausleute noch Ankömmlinge kümmern ihn, wenn er Ebereschen- oder Weißbuchenholz spaltet, richtige Knorren, die sich der Axt nicht leichthin ergeben. Wenn die Knorze so wild wie nur möglich in sich verknotet sind und die Äste wie Sehnen gewachsen, verstrickt und verwickelt untereinander, und wenn die Spaltkeile igelig einzeln aus dem Holz ragen und rundum jeweils mehrere Spaltäxte unverrückbar, nicht herauszureißen aus den Verschlingungen, nur dann ist der Ohm ganz in seinem Feuer, und es gibt keine Knorre, die er nicht in ihre Bestandteile zerlegte. Scheiter, die nach einem einzigen leichten Schlag in geraden Linien zerstieben, rührt der Ohm nicht an, und die, die sofort auseinanderbersten, läßt er ganz. Er holt kräftig aus und schlägt drein mit dem Knüttel, und das Spalten dringt ins Haus, wo die Totenfachschaft den Verblichenen auf sein Schauliegen vorbereitet. Mit aller Kraft, soweit er beisammen ist, schleppt er heran, stürzt er um und legt, o jemine! den Hackklotz in Schrecken, wie ein stierkämpfender Torero reizt und bezähmt der Ohm seine Vogelbeereneschenerber. Die wohlgehärtete Axt erklingt beim Abhacken, und die Ankommenden erblicken von weitem von oben zuerst das gefährliche Aufblinken des Eisens, dann verschlungene Scheiter, Knorren, die senkrecht aufragen oder waagrecht wegstieben, sich häufen an ihrem Weg mitten auf der Anhöhe, so daß die den ganzen Haufen in einer Kurve umgehen müssen und dem Holzen und dem Brechlärm der wütenden Hölzer umsichtig in einem vorsichtigen Bogen mit Obacht ausweichen oder sich in der Angst, ein Prügel könnte ihnen einen Hügel auf die Stirn pflanzen, hinter den Nußbaum zurückziehen oder hinter die Planken der Jauchengrube verdrücken, weil die Holzsplitter, die Prügel und Knüttel weit herumstieben und der knorrige Ohm dann am wütendsten auf die Knorze einschlägt, wenn Leute in der Nähe sind. Wenn keine Menschenseele kommt, hört er auf, kirre, daß er dir aus der Hand essen würde, und die Holzhacke bleibt bis auf unbestimmte Zeit in einem Baumstamm stecken. Vielleicht wirft der Holzer noch das gespaltene Krummholz auf den Haufen, damit er kegelig wird und hoch, oder er läßt die Scheiter kreuz und quer im Hof liegen, bis hinter dem Rain ein neuer Gast erscheint.

Ein ähnlicher Haufen ist vor dem Streuschuppen, wo sich Waldstreu auftürmt. Der Standplatz an der Hackstatt ist mit Nadelreisern bedeckt, und der Streuer steht beim Streuen erhöht auf einer Stufe, und die Hackstatt ragt gerade noch aus dem Streuicht, das vom Haufen auf sie zurückrieselt. Der Streuer astet das Fichtenholz ab mit einer Hippe, er zerhackt die Nadelreiser, dichtes Buschwerk und Gebüsch, und wenn die Äste ausgehen, macht er sich um Vorrat auf ins Brachland und Dickicht. Jeden samt seinen Wurzeln ausgerissenen Baum, jeden von den Schneefällen niedergedrückten und in Lawinen und Stürmen gebrochenen, findet er und astet ihn ab, sägt die Knorren heraus, um dann ganze Tage lang auf sie einzuschlagen, bis der Klotz auseinanderbirst. Die Axt hat der Ohm im kleinen Finger, und ohne Axt ist er verloren und verlegen. Einmal hat ihm der Hausherr eine neue angeschafft, aber das Teufelswerkzeug stumpfte allzu schnell ab, außerdem hackte die Axt, wie sie es packte, auch erklang sie nicht von innen her und ertönte nicht stählern, weshalb er sie noch am selben Tag in eine Ecke im Vorhaus lehnte, wo sie dann Jahr und Tag niemand anrührte. Jetzt schätzt er keine fremde mehr, arbeitet mit alten, feilt sie, schleift sie, feilt sie, und bald wird er sie bis zu den Öhren geschliffen und bis zu den Stielen gefeilt haben. Das Streubeschaffen und das Knorrenholz halten den Ohm aufrecht und beisammen, alles andere kümmert ihn nicht: Gabelholz spaltet er und Baumstümpfe, er schlägt Keile ein und Spaltäxte, Donnerblitze leitet er ins knorrige, astreiche Holz, während man im Zimmer den Greis zwischen die Kerzen hebt.

Im Zimmer herrscht nun ein großes Gedränge, von überall her waren sie ins Haus gedrungen, hatten es eingenommen und besetzt. Ein leeres Haus ist ein richtiges Gott-steh-uns-bei, jetzt ist es voll Lärm, doch ein volles Haus ist ein richtiges Gottbehüt. Im Flur steht Mann schon dicht an Mann und Frau bedrängt Frau, von der Schwelle her drücken sie gegen die Tür, die sich ihnen nicht und nicht auftun will; der Druck melkt von hinten nach vor in waagrechter Richtung. Drinnen hinter der Tür wird Zeit vertan, gibt es nichts als Sichzieren, Zeitverlieren: sie werden den Verblichenen doch nicht erst morgen herausstaffieren, wo er ihnen schon heute morgen zugestoßen ist! Die hinten im Vorhaus drängen unwillig vor zu denen vorne, sie können den Augenblick nicht erwarten, daß die Rampe vor ihnen im Totenglanz erstrahlt, auf der Rampe der Held des Morgens zum Leben erwacht. Die vom Vorbereitungspersonal Ausgeschlossenen sind gespannt, ergriffen, und sie können sich kaum bezähmen vor Erwartung, und sie erzittern vor Ungeduld, ob ihnen dieser Glanz den Atem benimmt oder nicht, und wenn er ihn benimmt, ob er ihn ohne Aufschub unverzüglich sofort benimmt oder erst nach einiger Zeit nach und nach. Nur ein unverzüglich sofort benommener Atem ist auch ein verschlagener Atem, der zählt als einziger bei solchen Dingen, und je länger der atemlose Zustand anhält und je tiefer er reicht, desto besser wird man durchlüftet und belebt; den Atem aber, der mit Verspätung benommen wird, kann man einfach vergessen. Es strahlt noch nicht alles im letzten Gleißen, noch fehlt der eine oder andere Handgriff, und es wäre nötig, nach dem oder diesem oder jenem zu langen, noch ist nicht alles an seinem Platz und das Gepräge des Ortes nicht bis zum letzten geformt, da gibt die Tür nach, und Hals über Kopf schwappt der erste Schauer ins Totenzimmer, ergießt sich und verstummt; der grelle Glast verwirrt sie, die Schönheit der Bahre benimmt ihnen den Atem. Der Wind strömt ins Zimmer und wird durchwirkt mit Totengeist, der aus dem Zimmer ins Vorhaus strömt, über den Köpfen der Andrückenden geraten sie aneinander und vermengen sich, zwischen dem vernehmlichen Gewöhnungsatmen wird die frische durch die Totenluft gepreßt, ein Atemzug schlägt wie der Luftstrom eines Schmiedebalgs in den Atemstrom wie der Luftzug eines röchelnden offenen Grablochs. Das Antreten der Schar ist abgeschlossen, solchem Druck hält freilich niemand und nichts stand: den ganzen Raum belegen sie mit Beschlag; Gesichts- und Gehörsinn auf der Lauer; eins, zwei drücken sie das verstörte Totenpersonal an die Wand und übernehmen die Zeremonie. Sobald sie das Zimmer aufgenommen hat, besänftigen sie sofort die Winde, besprengen mit Buchsbaum, kühlen mit Wedeln, löschen den Scheiterhaufen im Gesicht, der abbrennt in der Kälte.

Der Vorbeter, der Maria unter den Weibern benedeit, läßt mit stockendem Atmen Stoßen Strömenlassen die Oberfläche des Trauerkorps Wellen schlagen beim Antwortsagen, beginnt das Ave und dämmt es ein mit Rosenkraut, und alle anderen nehmen, mit dem, was sie inwendig kennen, weil sie es auswendig können, seine Verfolgung auf; alle erheben sich im Wogen aus dem Lärm, Garn ziehen sie durch ihn, Strähnen zupfen sie aus ihm, doch bald läßt bei beiden der Schwung nach, der Eifer schwindet, die Stimme wird schwächer, der Anlauf reicht nur mehr für einen einzigen Atemzug, so daß sie schließlich kaum noch murmelnd in diesem Gewimmel stammelnd die Nähe der Stelle erreichen, wo das Amen ist; die Schnelleren früher, die Langsameren später, die Lauten lärmend und die Leisen säuselnd, die Zauderer und Plauderer, die nach Maßen Ungeschickten und dem wohltuenden Schlaf Ergebenen erreichen es nie, Seltenen wird es vom Getümmel bis zur Unhörbarkeit aus dem Mund gesogen, und eines jeden Stimme erstarkt am Ende nach Kräften wieder, ein jeder stemmt sich fest und bestimmt in sein Amen, grenzt es mit Nachdruck gegen die anderen ab, die noch nicht mit ihm am Ende sind, zieht es kräftig in die Länge und schleppt es weg von den anderen und bläst es mächtig allen vor der Nase auseinander, ehrgeizig, den ersten Platz zu belegen, damit er und kein anderer eine neue Welle in Gang setzen kann und sich alles von Anfang an wiederholt und jeder wieder sein Ballönchen aufbläst, am Ende seiner Puste selbst hineinsticht, so daß es zerstochen wieder zu nichts zerplatzt.

Und was da zerplatzen soll und was da jeder eifrige

Ritter vom Totengebet in Gang bringen will, hat sich schon zuvor selbst in Gang gesetzt, denn der Vorbeter kümmert sich nicht um den einen, wartet das Antwortsagen nicht ab, läßt nicht nach, sondern treibt das seine in stetem Kreislauf weiter, und der Text beißt mit seinem Maul in den eigenen Schwanz. Der unabänderliche Text dreht sich um sich selbst, und noch als Singsang in Kreisen, wickelt sich auf und ab ohne Unterlaß, so daß die Bodenbretter knattern und der Eifer die Blätter sich kräuseln läßt; selbsttätig brabbeln sie das gelernte Gemenge, das Spinnen des Vormanns mischt sich hinten mit dem Beginnen aller übrigen Spinner, die zu dieser Totenspinnerei gekommen sind und im Hintergrund die ganze Zeit hüsteln und sich räuspern, heiser zu werden drohen und die trockenen Knorpel in ihren Brüsten zum Tönen bringen und dieses Tönen klingt, als würden Rentner in einem Altersheim Würfelchen schütteln oder Quarzsteine zerreiben in einem irdenen Gefäß.

Allmählich läßt das Auf und Ab nach, und jetzt erst ist die Schar erleichtert: ein bißchen noch und sie hat Augen und Gehör und Geruchssinn gesättigt, die Sinne, die Gefühle getränkt, die Ungeduld, die Unruhe gestillt, die Süße des Unter-den-ersten-Seins, den Vorrang der Vorderen, Besseren, Ersten gekostet, bis zur Sättigung die mehr als nur herrliche Begebenheit genossen. Dieses Wogen des Kreuz-und-Quer, das Anlaufen und Nachlassen, dieses brünftige Beschleunigen und Aufbäumen erfüllt das Zimmer, erfüllt die Ohrmuscheln, den Kopf, füllt sie an und schäumt über, und dieses schwindelerregende Gesellschaftsrennen geht nur deshalb glücklich aus und hat sich nicht zu einer allgemeinen Verwirrung zugespitzt, weil das Muh ums Kennen länger dauert als das Mäh.

Der Reisende hatte diese Begräbnisbruderschaft noch nicht zuende gesponnen, und dieses gezwungene erste Gedränge hat das Totenzimmer noch nicht geräumt und den Platz denen abgetreten, die sich inzwischen neu im Flur gesammelt haben, als ihn ein scharfes, abgehacktes Rattern aufweckte: der Zug fuhr eben über eine Brücke, die Streben des kreuzweise verschweißten Eisengerüsts huschten am Fenster vorüber und unterbrachen die einschläfernde Musik unter seinen Füßen.

An dieser Stelle schwemmte ein Nebenfluß, der aus seinen Bergen, in das Delta Sand und Flußschotter an, ehe er sich mit dem größeren vereinigte, und noch nachdem er eingemündet war, ergab er sich nicht dem Strom, mischte er sich nicht unter die mächtigen Wassermassen im Flußbett und verschwand nicht dort in den Wogen, sondern floß eigensinnig parallel, starrsinnig wie nur was gesondert für sich am Ufer entlang, und nur die Zickzacknaht am Zusammenfluß vereinigte ihre verschiedenen Farben und vermischte sie zu einer dritten. Daran vorbei knatterte nun der Zug, stieß Heißluftwolken aus hin zum Gebirge, wo späte Strahlen funkelten, und manchmal tropfte eine solche Schnuppe auch in dieses Gewässer, so daß es widerschien kreuz und quer auf der wogenden dreifarbigen Wasserfläche.

Das Schwemm- und Strandgut seines Flusses weckte ihn auf, ihre Kennung stellte ihn fest auf die Beine, so daß er sich aus seinem Traum herauszwängte, ihm seine Landschaft blitzartig ins Gehirn fuhr und das Gerümpel der letzten Jahre und Tage daraus verdrängte. Er hatte nicht bemerkt, wann unterwegs die Städte seltener und kleiner wurden, wann sich die Märkte in immer tieferen Kesseln ansiedelten und wie immer häufigere Weiler und Dörfer die Leiten und Lehnen bestückten. Plötzlich war er an der Schwelle seiner Gegend, ins Abbrennen des Abendrots hinter ihren Hügeln, in den Glanz bekannter Gipfel, ins Auslodern in seinen Wassern war er zurückgekehrt. Neun Weiler weiter poltern seine Felsen talwärts, er ist ganz in der Nähe der Felsen, zu denen er unterwegs ist, ganz in der Nähe seiner Hänge, der felsigen Ödnis mit den gespaltenen, von Blitzen versengten Lärchen und den Kreuzdornen, die aus der Ödnis ragen, den jetzt schon verwachsenen Kahlschlägen, wo einst Holzer auslichteten und nur Füchse belfern, mit ranken Tannen am Fuße, ganz in der Nähe der mit Dickicht bewachsenen Jähen ist er, des Wucherns von Sträuchern und Unkraut, der Wälder und Klammen, wo die Felshalden nach den Wiesen langen und das Gestein in ein paar Jahren noch dieses bißchen Gras niedergestampft haben wird, und langsam schält sich das kleine Anwesen aus all dem: schau, dort das Feld, da ringeln sich schon die Kartoffelblätter, und die Mäher und Recherinnen erscheinen an den Rainen und streuen Heuschober auseinander, doch hinter dem Gipfel zieht sich ein Gewitter zusammen, und das Wasser wird jeden Augenblick herabregnen auf das Zerstreute, wenn nicht gar ein Hagel niederprasseln wird auf die Felder, deshalb beeilen sich die Recherinnen mit dem Aufhäufen des Wenigen; er sieht sich um die Heu-, die Grummetschober herumstapfen, die moosbewachsenen Mauern tauchen vor ihm auf, wo einst keine Zeit war für eine Kindheit und wohin der unter einem Strauch Geborene unterwegs ist, um das Bild seines Vaters zu überprüfen und zu klären. Doch halt, kam er ins Dorf nicht wegen des Begräbnisses und müßte er sich nicht zuallererst unverzüglich unter die vielen mischen, die jetzt nach Feierabend zum Haus am Hang strömen und bis zum Morgen bei flackernden Kerzen sitzen und die Fenster mit Blumen und Kränzen verstellen? Und wird er sich nicht wenigstens den späten Hustern und Schnupfern anschließen, den von Krankheiten Angebissenen; jede hat für sich ein Stück von ihrem Körper abgezwackt, und was von den Rümpfen noch übrig ist, reicht gerade dafür, daß sie herumstehen, sich herumschleppen auf Begräbnissen? Wird er sich nicht diesen schnaufenden Lukomattiven zugesellen, die keuchend kaum das Haus erreichen und die auch dann hinkeuchen würden, wenn sie sicher wüßten, daß sie unterwegs früher ermatten, ins Schwanken kommen; er selbst aber, gesund und mit Lungen wie ein Schmiedebalg, will und möchte nicht hinauf auf den Hang? Ob der Alte sein Leben zuende gebracht hat oder nicht, ist einerlei, in der Luft weist nichts darauf hin, keinerlei derartige Zeichen finden sich im Dorf. Die Stimmen, die bald hier, bald dort hinter den Ecken hervorrollen, verraten überhaupt nicht, ob das Trauerhaus mit einer großen Menge erfüllt worden ist oder gar nicht. Macht es denn einen Unterschied, ob der Alte überhaupt irgendwann auf dieser Welt weilte und wartete und der war, der wartete, war er nicht gar der, der nicht wartete?

Am Bahnhof, wo er ausstieg, fühlte er nichts anderes als das Klopfen im Eisen des Zuges und ein Dampfen. Und nachdem der Zug abgefahren war und sein Rattern sich entfernt hatte, war das Dorf wie ausgestorben. Die Reise, die im wimmelnden Getümmel begonnen hatte, ging jetzt in Einsamkeit und Stille zuende, aus dem städtischen Gewimmel war er in die Unbeweglichkeit auf dem Lande übersiedelt, aus der Vielfalt in Kleinheit, aus lichten Räumen in den Dämmer, wo aus Spalten und Klappen Rauch dringt. Es war kein Zufall, daß als erster ein Vogel in diese Stille schlug, und später, am Dorfrand, ein Hahn kikerikite unter Kukuruzküken. Dort wand sich aus ein paar Schornsteinen Rauch, nach Nachtmählern roch es, und aus den Ställen drang der Lärm von Kübeln und Sechtern. Die Sonne verschwand hinter dem Berg, und die Dämmerung schlich sich aus der Klamm ins offene Dorf, deshalb machte er sich nicht auf den Berg auf, sondern ins Dorfgasthaus, um dort zu übernachten. Außerdem hat ihn die Reise hungrig gemacht, und morgen will er doch ausgeruht den Weg unter die Beine nehmen. Als er noch ein Nacktarsch gewesen war, hatte er sich hier herumgetrieben, auf dem Hinterhof dieses Gasthauses hatten die Vorübergehenden, die Bergler, gelassen, was ihnen bei ihren Erledigungen im Dorf im Weg gewesen wäre, und hier waren sie auseinandergegangen, waren wieder zusammengekommen, hatten sich aufgemacht zurück in die Steilhänge, doch heute abend erkannte er in diesem Haus niemanden, weder am Gesicht noch am Namen, allzusehr hat die Zeit ihre Gesichter zerfurcht und allzusehr ihre Stimmen verändert.

II

EIN SAUERTEIG FEIN ERREICHT WEILER NEUN

Nachdem die Zugleichgekommenen ihre Totengebete erledigt haben, legt sich Stille über die Leute, doch nur für kurze Zeit, denn die Frauen, die Tee und Pogača bringen, um das erschöpfte Gebetsvolk zu stärken, stoßen sie von sich. Lange hatten sie vor der Tür auf den Augenblick gelauert, um das Seligsprechen mit Speisen zu unterbrechen, denn sie müssen den richtigen Augenblick erwischen, und erwischen sie ihn nicht, ist es um ihre Reindlinge geschehen, und seien sie noch so knusprig ausgebacken, mit Fett vermacht und mit zerlassenem Zucker. Wenn sie nicht genau die Zeitbruchteile erwischen, die entstehen, wenn das Zimmer verstummt und sich in großer Eile von der Fron verschnauft, im Zeitraum, während der Vorbeter an der Bahre sich von seinen Knien aufrafft und sein Nachfolger schon hinkriecht an seinen Platz, damit auch er noch seinen Teil in Gang bringt, dann ist es zu spät, und die Frauen können ihre Leckereien für geraume Zeit von der Tür weg wieder dorthin zurücktragen, woher sie sie gebracht haben. Solange das Beten dauert, wird mit Pogača und Tee nicht gelauert, und wenn sie sich auch nur wenig verspäten und der Neue eben erst begonnen hat: niemand und nichts hält ihn mehr auf, nichts kann seine begonnene süße Lust mehr verdrießen, selbst wenn in seinen Ohrmuscheln die Posaunen von Jericho dröhnten, donnernd, so daß die Mauern einzustürzen begännen. Doch die Frauen haben bei so manchem Toten schon gewacht und können mehr als Birnen braten, so daß sie geübt und mit Gehör die Klinke zur richtigen Zeit niederdrücken, um die Versammelten mit Reindlingen und Krügen zu beglücken.

Nun greift jeder nach der Pogača, gebraucht den ganzen Arm von den Fingern bis hinauf zu den Schultern und noch die Brust, den Rock dazu, um den mächtigen Laib zu umfangen und während des Schneidens mit dem Messer darüberzufahren. Jeder schneidet nach seinem Hunger ab, die Mehrheit bemißt über ihren Hunger, noch ein wenig für die Augen und die Gier, jeder hackt seinen Kanten ab und wälzt die ausgebackene Masse weiter auf die Knie seines Nachbarn, wo der um des schöneren Scheines willen noch ein wenig säumt und nicht gleich darüber herfällt, mit einem Lächeln auf den Lippen die Pogačafestlichkeit verlängert, den Reindling noch etwas dreht und wendet und in die richtige Lage bringt, bei der er dann getrost mit dem Messer dreinfahren kann; der eine oder andere stülpt noch ein bißchen Schnaps in den Tee, damit er weder Sauerampfer noch Spülicht trinken muß und ihn die Krümel und Krumen des Ausgebackenen nicht im Hals kitzeln. Die vom Eifer Ausgehungerten schneiden sich Trümmer ab und stopfen sich mit ihnen den Mund, die Angegessenen stekken Bissen in den Mund zum Kosten und damit es ihnen nicht den Schlaf benimmt, doch Satte gibt es keine, jeder wird vom mehrstündigen Wachen beim Toten hungrig gemacht und von Düften allerfeinster Art überwältigt. Jeder muß unbedingt von der Pogača kosten, und erst wenn die ausgebackene Rinde unter seinen Zähnen knuspert, tritt er in die Gemeinschaft des Totenzimmers ein, in das lärmend beruhigende, das dem Haus Linderung spendet und Trost. Eben hatte hier noch Ruhe geherrscht, doch es war die Ruhe vor dem Sturm gewesen, jetzt ist der Sturm da, weil der Alte seine Tage zuendegebracht hat und sich jetzt jeder an ihm seine fetten Finger und Zotten abwischen kann, wenn ihm das Wasser im Mund zusammenrinnt vor Lust auf Pogača.

Ein hustender Mann in seinen Jahren kam, um zu husten, um die Gesellschaft selbst in Augenschein zu nehmen, die in Kürze auch in sein Haus einen Sturmwind leiten wird, die trockenen Knorpel in den Lungen hat er als Beweisstücke mitgebracht, hundert Krankheiten sollen in seinem Körper hausen. Jedes Mal, selten genug, wenn sich dazu eine Gelegenheit ergibt, kommt die Mannsperson und nimmt Aufstellung, für Vergütung tut er seine Fron, nicht für Lohn: wenn es ihn aus seiner Keusche wirft und er zum letzten Mal aufladen muß, werden die hier Anwesenden allesamt seinen Besuch erwidern. Deshalb schleppte er sich auf Stöcken bis zum Haus, plagte sich über Gefälle und Gestein auf dem ausgewaschenen Weg bergauf, um sich ihnen zu zeigen und sich in ihren Sinn einzuprägen, ihnen seinen Zustand zu offenbaren – soweit sei es schon und viel weiter werde es nicht gehen –, um sie selbst in Augenschein zu nehmen, sie sich mit seiner Husterei zu verpflichten und ihre Teilnahme sicherzustellen, sie sich mit Potizen gefügig zu machen, wenn die Reihe an ihm ist. Sie sollen sich im voraus sattessen, denn diesmal gibt es Pogača im Überfluß, und gottweiß, ob das bei ihm auch so sein wird und auf seinem Tisch nicht nur eine niedergedeppschte Karikatur, ein zusammengesackter speckiger Teig liegen wird, den Ofen und Zähne verschmähen. Er kam, um sein Husten zu zeigen; den ganzen letzten Winter habe er schon gehustet, scharfe Stiche in der Brust ertragen, bald aber werde er seine Sorgen und Plagen vergessen haben: gegen Jahresende sollen sie kommen, um noch von seiner Pogača zu kosten, und gut werde sie sein, und wäre sie auch nur ein Potizenabklatsch. Sie sollten doch vorbeischauen, wenn sie die Sense singen hören, beim ersten Trompetenstoß sollten sie herbeieilen, und wenn sie noch nicht da seien, wenn das Backwerk in den Teigtrögen geknetet werde, so dann, wenn sie die Reindlinge aus den Rauchfängen erschnuppern. Lebend sähen sie ihn gewiß zum letzten Mal und würden ihn erst wieder antreffen bei der Pogača in seinem Haus: sofort nach erledigten Totengebeten werden sie sich, ihren Neigungen folgend, ein jeder seinen beiden Nachbarn zuneigen und ihnen nach rechts, nach links ihr letztes Pogačaschneiden mit ihm enthüllen.

Auf dem Land bäckt man Pogača zu Ostern oder wenn ein Toter im Haus ist, und ganz besonders wohlriechend sind die Düfte, die sich im Flur vermischen, wenn sich der Hauch besonderer Art mit dem vermengt, was aus der Totenstube dringt, mit dem Heißen, das aus dem Ofen kommt, und dem Klebrigen aus der Küche. Zwischenhinein dringen noch kühle Lüfte von draußen, aus der Vorratskammer und dem Keller. Wenn im Keller die Zwischentür offensteht, riecht die Luft im Flur nach Most, wenn sie geschlossen ist, nach den Äpfeln und Birnen, die vorne im ersten Keller auf Stellagen liegen. Der Tee und die Pogača kommen zum Toten, zu denen in der Küche kommt das Obst. Aus dem Keller bringt die Hausfrau im Flechtkorb nur das Schönste, und die Gäste greifen brav nach diesem Hungeressen, kauen knacksend, Überbleibsel und Speisereste türmen sich auf dem Teller. Die Hausleute haben Tag für Tag nur faules und wurmstichiges Obst verzehrt, im Frühjahr runzlig und faltig, die Hausfrau hat jede Frucht in die Hand genommen, nach allen Seiten gedreht, die angefaulten für den Verzehr geschieden von den runden und prallen, von solchen mit glatter, gesunder Haut, die so lange auf den Pritschen blieben, bis sich auf ihrer Schale eine anbrüchige Stelle zeigte.

Heute aber ist ein anderes Lied an der Reihe, heute, wo Fremde im Haus sind, bleibt im Keller, was faul und rauh ist, dafür aber fließen oben Milch und Honig. Überall wimmelt es von ihnen, und es ist eine Schande, wie sie in den Flechtkorb langen, einen nach dem anderen leeren, sich mit Früchten vollstopfen und sie halb verzehrt auf den Teller zurücklegen! Die kleinen wollen ihnen nicht schmecken, nur die dicken rutschen ihnen den Hintern hinunter, die Hausleute hingegen würgen an Anbrüchigem, und tagaus, tagein Rüben, Rüben tagein, tagaus! Die schönsten Äpfel werden im Haus die verschlingen, die weder Fleisch noch Fisch sind, alles werden sie verheeren und den Keller leeren! Jeder Ankömmling schlürft, kaum tritt er ins Haus, zuerst das Gemisch aller Gerüche als Kostprobe, für den ersten Hunger, während er sich im Flur verzettelt und den Hausern die Hand schüttelt und wie der Narr im Mandelkalender dasteht, bevor er sich dann mit der Mischung aus Keller und Kammer und Ofen ins Zimmer begibt und ins Vorhaus ein bißchen neues Totenzimmer zieht, und ins Totenzimmer ein bißchen neues Vorhaus. Diesen Düften mengt der Husterer noch ein bißchen Eigenes bei, richtet in seiner Brust das richtige Gemenge aus Eingeweideingredienzien an, fügt noch muffige Stoffe aus Leber, Magen und Darm hinzu und legt ein bißchen von diesem seinem Mief ab unter den Düften.

Das Haus strahlt in die Schwärze über sich, aus allen Hausöffnungen drängt Licht nach draußen, wird gefiltert durch das Gehölz, und nur soviel, wie davon durchdringt, ist vom Haus aus der Ferne zu sehen. Mit der Nacht verstummt das Schrillen der Grillen, die erste zu durchwachende Nacht liegt vor den Leuten. Etwas ist faul im Staate Denenmarkt: soll der weiße Tag vergehen, soll die schwarze Nacht entstehen und ihnen die Dunkelheiten weißen! Würden die Leute nicht sterben, würden sie die Welt verderben, doch würden sie die Welt verderben, würden sie nicht sterben! Um die Welt zu verderben und als würden sie nicht sterben, klatschen die Frauen in der Küche, wo es in den Teetöpfen brodelt und den Kesseln fröhlich blubbert, wo Blasen über den Rand hüpfen, fortspringen, wegschwirren über die erhitzte Platte. Zwei Frauen sind aneinander geraten wegen verschiedener Arten, Eier zu kochen, jede lobt beharrlich die eigene Ware und läßt nur sie als die einzig wahre gelten: die eine kocht die Eier für die ganze Woche auf einmal und holt sie dann einzeln aus dem Kühlen und gibt sie ihrem Mann mit zur Arbeit, die andere kocht jedes Ei für den ihrigen einzeln ... Die Frauen können einander nicht schmecken und finden auch keinen Geschmack aneinander, jede führt einen Kampf für ihre Eierkochmethode, die Weibsbilder erhitzen sich und prallen aufeinander beim Kräftemessen, Weltverbessern. Die Frauen geifern und ereifern sich, schmeicheln vorn und kratzen hinten, sie zeigen einander, welchen Preis das Fett hat. Insgesamt reichlich Gackerei, doch dabei kaum ein Ei. Der auf der Bahre ist allen zugewandt, er ist nun allein in Männerhand, nun sind die Männer unter sich allein. Das Hocken im Hause gibt nichts her und das Herumstehen nicht viel mehr: alle ruhen, rühren sich nicht, nur die Bretter in den Möbeln knirschen unablässig kaum vernehmlich. Der Alte auf der Bahre knirscht nicht mehr, noch pfeift er, der wird am Jüngsten Tag kein Horn blasen, nicht ewig leben. Die Gesellschaft über ihm bewegt sich zuzeiten kaum noch, der Alte auf der Bahre schweigt still, und indem er schweigt, antwortet er zehnen zugleich. Der Alte ist nun ein stilles Wasser, das die Ufer mitreißt ...

Trunken vom Feuer eher als vom Rauch taumelt das Quatemberweib, die Zauberin, der Falter um die Kerzen, zeichnet Kreise und Gott-steh-uns-bei!, was für verschlungene Kreise, da sie sich auf die Flamme stürzt, die bald auf die eine, bald auf die andere Seite zuckt, flackert und beinahe schon verlöscht, bis der Docht sie schlürfend in Sicherheit in sich saugt und sie dort im stillen wieder anfacht. Doch kaum kommt die Flamme wieder zu Kräften, kaum rafft sie sich auf und taumelt aus dem Docht wieder ins Lichte, schon fällt der Falter von neuem über sie her, läßt nicht ab, versengt vom Rauch und feuertrunken versucht er sie mit Flügelschlagen auszulöschen, umzuwerfen, er verfolgt und quält sie, in Wachs will er sie ertränken, in einem Löffel Wasser im Wachs, so daß sie wieder ein winziger, kaum lebendiger Funke ist und der Docht sich von neuem nach ihr ausstrecken, seine Kräfte anspannen muß, damit der Quatemberfalter sie nicht ausbläst. Der Docht muß sich vom kleinen Tisch ins Zimmer hinunterbeugen, hin zur Trauergesellschaft, damit ihm das Flämmchen nicht vollends entschlüpft und durch das Tor auf die Tenne entfleucht und das Gebäude in Brand steckt. Im Funken glost die Flamme kaum noch, und der Docht schlängelt sich schlingend ihr hinterher in den Raum, damit sie dort kein Blinder von ihm abliest oder ein Hasenfuß mit einem Handstreich vorzeitig vor den Augen wegwischt, im Glauben, ein Glühwürmchen oder eine lästige Lichtschnake mache sich über ihn her und wolle sein Blut saugen. Der Docht streckt sich mißmutig nach der Flamme aus, steckt sie auf sich auf, mit versengter Zunge schmiegt er sich geschmeidig ihr entgegen und versucht sie aus der Luft in die Senkrechte zurückzubringen und gibt nicht auf, bis er die Flamme in sich aufgerichtet hat, und dabei die zu nah hingereckten Nasen auf den Bänken versengt und mit einem Schwall Ruß bedenkt, was lassen sie sie denn schleck! so nah vorragen, was breiten sie sie denn auch so lang und breit aus. Gebrandmarkt mit einer Versengung schnellen die Nasen zurück auf ihre Plätze, laufen auseinander wie die Küken, und wenn die Leute nach einer solchen schlimmen Kerzenfinsternis einander ihre Blicke zuwenden und auf den Wangen schwarze Flcken und Rußstreifen entdecken, benetzt jeder schweigend seinen plattesten Finger mit Speichel, zieht mit ihm eine klebrige Spur über das Gesicht seines Nachbarn und reibt ihm die Makel von seiner Haut, rubbelt an den Sengstellen, wischt die Rußflecken aus den Falten, und wo die Finger schon auf fremden Flächen zu tun haben, nützen sie die Gelegenheit und pappen einander noch nebenbei die Haarsträhnen, die zu weit ins Gesicht fallen, an den Schädel, kleben sie jeder seinem Nachbarn zurück an den Kopf.

Ja, die Tierchen sehen ihre Stunde kommen, die großen Fresser erschnuppern eine Gelegenheit, kommen zutage und zu Gast, kommen entweder, weil sie sich einen Schmaus, noch nie gesehene Leckereien erhoffen, oder weil sie eine Mischung aufregender Düfte in Unruhe versetzt, dicht an dicht aus den Löchern und Spalten im Haus herausgestupft hat. Und wie die Tierchen den Männern unter dem Hintern einheizen! Die Männer sitzen ruhig auf den Bänken, als es den ersten unter dem Knie zu kitzeln, zu zwicken beginnt, und dieser sich streckt, um sich zu kratzen und sich am Bein bis zur Unterhose durchtastet oder am gelockerten Gürtel vorbei in die Hose greift und sich vom Kern der Hose aus bis zum Knie durchschlägt, mit den Fingern trippelnd trifft, ertastet er zwischen den Fingern eine Schabe, die unterwegs ist in die saftigen Schenkel- und noch ergiebigeren Unterleibsfalten – oder sind das Totengräber, nein, es sind Schaben. Der Mann nimmt die Finger zusammen und faßt eine dazwischen, liest sie aus seiner warmen Furche, zieht sie heraus und wirft sie weg an die Wand unter der Bank, und während das Aas durch die Luft fliegt, bevor es an die Wand prallt, und noch geraume Zeit nach dem Aufprall spürt der Mann auf seinen Fingerspitzen alle sechs wimmelnden und sich anklammernden Beinchen und nebenher das Malmen der Mühle im Mundwerk, er hört das Knatschen des Nährbreies. Und trifft die Schabe schließlich auf Hartes, zerstört und verscheucht das das Heer der dort unten unter den Bänken lauernden Schaben, die, überrascht, jetzt alle zugleich die Flucht ergreifen, verstört von überall hervorquellen und überallhin schnellen; indessen schüttelt sich auch die weggeworfene, zerschlagene Schabe und biest auf dem Rücken liegend noch ein bißchen mit den Beinchen und dem Rüsselchen, woraufhin sie ruhig, herausfordernd vorbei an dem Mann der

Herde hinterherhumpelt. Die Schaben schwirren flüchtend in eine Zuflucht, so daß alle Spalten, alle Auswege, alle Sprünge in Brettern, Balken, Mauern verstopft werden, und einige von denen, die nicht schnell genug einen vorläufigen Unterschlupf unter Schuhwerk finden, stürzen an den Beinen vorbei durch das Zimmer auseinander und zerstieben im Freien. Einige von ihnen retten sich sofort rudelweise unter die Bedeckung der Bahre, wo die Tücher bis zum Boden reichen, die Herden der anderen durchforschen alle Winkel und Winkelchen hinter den Sprüngen und Spalten und erst nach erfolglosem Suchen unter dem Tisch, den Stühlen, an Säumen und Rändern, nehmen sie Zuflucht unter dem sicheren Katafalk. Die Männer ertragen dieses schwarze Schwirren durch das Zimmer, wenn der Boden in einem Augenblick vor Ungeziefer unsichtbar wird und im anderen das Gewimmel wieder verschwindet, beherrscht und heldenhaft, beharrlich und bedrückt, warten schweigend auf das Ende, und keinem liegt daran, davon zu sprechen. Einige lüpfen heimlich die Beine, damit das Geziefer und Gewimmel von selbst ungestört abschwirrt und es joj! nicht gerade unter ihren Sohlen knirscht und knackt, wenn sie ein lahmgewordenes Bein umlagern müssen, und nur die, die noch etwas Manns sind, schlackern in einem unbemerkten Augenblick, nachdem sie vorher die Umgebung auf andere Gedanken gebracht und weit genug weg auf andere Geleise geleitet haben, ein wenig mit den Beinen, schlagen die Schuhe aneinander, als würden sie winters an der

Schwelle den Schnee abschütteln, nur ungeheuer vorsichtiger und heimlicher, mit einer verstohlenen Geste klopfen sie das Ungeziefer von ihren Sohlen, das sich auf seiner Irrflucht schon zangengleich festgeklammert hat, andere ertragen in stiller Not dieses kitzelnde Wimmeln unter ihren Füßen, alle voll des Bestrebens, daß keiner als der erste eine zermalmt, denn so ein lautes Knirschen und Knacken unter dem Schuhwerk würde die Nerven bis zum äußersten belasten und das Durchhaltevermögen mindern und zuallerletzt ein allgemeines Stieben über den Boden, ein Blutbad, ein mörderisches Gemetzel anrichten, und ganz zuallerletzt bliebe die ganze Gesellschaft in der Schlichte stecken, die von allen Seiten nach allen Seiten sickern würde.

Natürlich bleiben die Schaben nicht für immer unter der Bahre, denn in diesem Notasyl beginnt es schon an Raum zu mangeln: der Herdentrieb stellt sie bald wieder auf die Beine, und wenn die Gesellschaft im Zimmer im stillen zur Ruhe kommt und im geheimen wieder in der vorherigen Einförmigkeit versinkt, kommt die entwaffnete schwarze Armee der Versteckspieler wieder zum Vorschein und beginnt, als sei nichts gewesen, in seine Winkel und Böden wiederzukehren, mit langen fadenförmigen, tückisch aufragenden Fühlern zieht sie über den Boden unzählige Schabengräben und schwirrt in ihnen unter die Bretter, wohin sich die Masse inzwischen geflüchtet hat. Und hatten sie vorher etwas Kleines, Flügelähnliches aus fernen Zeiten gehabt, sind sie jetzt flügellos, gänzlich entblößt. Nur gut, daß die Pogačafrauen nicht im Zimmer sind: das Schreien, das anhöbe, und das Kreischen würde das Ungemach nur verdoppeln. Ganz anders meistern die Männer dieses lästige Wimmeln, ihre Zunge allemal unter dem Korb, in Zaum haltend: sie lüpfen die Beine nur ein wenig, langen unmerklich in den Nacken, hinter die Ohrmuschel, nach den Waden und unter das Hemd, wohin es not tut, in die Schamgegend oder in den Stiefel, bekommen eine kleine Schabe zwischen die Finger zu fassen und werfen sie heimlich dorthin zurück, woher sie gekommen ist, hinter ihr herlauschend, ob das Untier noch aufknirscht oder liegenbleibt.

In dem Augenblick, als der Schabenpanzer auf den Boden knallt, hüstelt, schluckt oder räuspert sich jeder, macht geschickt Krach mit einem Möbel oder birgt es in irgendein anderes Geräusch oder Geröchel, damit von den schnellfüßigen Schwirrern nichts zu hören und nichts zu sehen ist, und voreinander kneifen sie, verleugnen dieses lästige Geschäft, denn es ist richtig peinlich, in Gesellschaft und während der Trauerzeit diese fröhlichen, schwirrfreudigen mutwilligen Kerlchen aus Hosen und hinter Gürteln hervorzufischen, sie aus den Haaren auf der Brust und dem Barthaar zu lesen, die mit ihren Mundwerkzeugen unablässig beißen und kauen und knabbern, malmen, mahlen, so daß die Späne ohne Unterlaß durch die Gegend fliegen und man richtig sehen kann, wie sie gefährliche Keime vor sich hinbröseln, aus denen Krankheiten und neue Tode entstehen. Und tatsächlich merkt niemand etwas, alles geht still und unter der Haut vor sich, und nur dann knirscht und knallt es ungeheuerlich, wenn der beim Toten Wachende eine neue Kerze aus der Schranklade holt und in übergroßer Eile die beiden Griffe zum Herausziehen ruckartig an sich reißt, hinter denen sich Schaben versteckt gehalten haben. Und obwohl niemand auf der Welt ahnen hätte können, daß sich auch unter den Griffen Schaben versteckt haben, ist es zu spät, und nichts kann ihm mehr helfen: da knirscht es furchtbar im Zimmer, denn der Unvorsichtige zermalmt in einem Ruck mit seinen Fingern gleich mehrere knirschende Käferpanzer auf einmal. Wer hätte sich das mit einer einzigen seiner Zellen denken können, daß unter dem Schrank alles, ja daß der Schrank selbst von Schaben wimmelt, daß die Laden und die Regale und die Griffe leben, krabbeln? Stoß mit einem Stecken, mit einem Schuh gegen ein Bodenbrett, und der Aufruhr darunter wird ein Getümmel auslösen, das Brett heben, aufwerfen! Nicht wie die Knaben, die ganz außer sich geraten, wenn sie alle zusammen an einem ganzen Nachmittag bis in die Nacht hinein eine einzige Grille aus der Erde stupfen, und nicht so, wie wenn du auf deinem Weg durch den Wald auf der Suche nach Pilzen oder trockenen Reisern mit der Stirn an ein Spinnennetz stößt und es nicht weißt und lange überlegst, ob der Wind oder ein Zweig dich gestreift haben. Dieses ungewöhnliche Totenwachen hat das ganze Zimmer umwunden, hat das Ungeziefer aus seinen Bahnen geworfen, die Behausungen der Kakerlaken, die auf der Decke und auf dem Boden und die dazwischen an den Wänden, durchlüftet, so daß diese unruhigen Fickfacker die Gräben bis dorthinein ins Haus verstopft haben, wo der Balken auf der Mauer aufliegt.

Von der Decke spinnt eine Spinne knapp über dem Greis, knapp über dem Greis spannt eine Spinne ihren Faden dem Greis entgegen. Es ist eine Lippenspinne, der die Zeit im Hinterleib reift. Schon ein ganzes Spinnenvolk hat sie von dieser Stelle an der Decke in die Welt gesetzt, als hier unten noch ein Bett stand; in diesem durchkrochenen luftigen Durchgangsraum knapp über dem Kopf des Schlafenden legte sie ganze Spinnensippen ab, die alle Staubwedel und Besen im Haus, alle Weihnachten und Ostern überlebten. Nachts ließen sie sich von der Decke herab, der Öffnung des Schlafenden entgegen, ergaben sich dem Mief des betäubenden Atmens, drangen zwischen die Lippen ein und legten dort in der weichen und warmen Haut zwischen den Lippen einige Eierchen ab, die sich, in die durchsichtige Haut eingedrückt, schnell zu Larven und Puppen entwickelten. Nichts Besonderes war dabei, daß sich im Mund des Schlafenden bis zum Morgen ein notdürftiges Wimmerl bildete, das sich mit der Zeit auswuchs und verkrustete. Natürlich beleckte sich der Schläfer im Traum einmal oder verwischte mit der Hand die Eierspur, doch ein paar Eierchen konnten sich immer rechtzeitig im Lippenfleisch in Sicherheit bringen. Es ist schon vorgekommen, daß die Spinne über die rauhe, vom Schnarchen ausgedörrte Zunge kroch – auf der Suche nach einem besseren Schlupfwinkel für ihre Nachkommenschaft – in den Mund hinein und weiter in die Kehle, wo sie vom Keuchen in die Lunge gesogen wurde und sie nur ein ordentlicher Husten wieder mit einem Räuspern hinausbefördern konnte. Der Schlafende erinnerte sich am nächsten Morgen nur an ein unerklärliches nächtliches Kitzeln auf den Lippen, ähnlich dem Liebesgezüngel in jungen Jahren, diesmal durchwirkt mit Traumgewebe, er erinnerte sich nur an ein Trippeln auf der im Gebiß faul ausgestreckten Zunge. Aus dem Wimmerl schlüpfte dann eines Nachts eine neue Spinne, die sich freilich ohne den Schlaf zu stören über Boden und Wände den Weg zur Decke erst erkämpfen mußte. Heute macht sich die Spinne wieder auf an ihrem Faden, damit ihr Hinterleib nicht überreif wird und sie noch rechtzeitig ein paar Eierchen durch die weiche Lippenhaut stoßen kann. Die gut sichtbare Spinnwarze auf dem Hinterleib spult allein den Faden ab, an dem sie sich auf die erhellte Landeplattform herabläßt, auf das weiße Netz der Pfade, auf die schon wächserne pfadreiche Landschaft inmitten des dunklen Hochlands …

Nein, das ist keine Lippenspinne und kann auch keine sein, denn die sucht das Nest für ihre Nachkommenschaft nicht auf den Lippen des Schlafenden. Die veränderte Landschaft unter ihr und die ausgedörrte Mundöffnung, in der sich nichts rührt noch aufatmet, müßte sie Hals über Kopf vertreiben, wissend, sie würde auf tauber Erde landen. Die Ausdünstungen hatten eine andere anziehen müssen. Dieses Spinnenwesen war wohl ein ganz anderes Untier gewesen, das eine anstrengende Reise von woandersher hinter sich hatte und nun umsichtig, in unbekannter Umgebung verschreckt von der Decke herunter sich breitmacht und dem vom Gleißen der Rampe das Sehen vergeht. Während des Herablassens hält die Spinne drei-, viermal inne, um den Riß zu prüfen, der schräg über die Wand klafft und hinter den Möbeln verschwindet, aus dem Alter rieselt, sie prüft die vor ihr hinter Glas aufgehängten schrägen Köpfe, die leidenden Leiber und das durchbohrte Herz, die Statue in der Wandnische, besieht den Fleck vor sich und korrigiert die Richtung, bald rückt sie den Faden nach links, bald zieht sie das Gespinst nach rechts, eine glatte Landung wird es werden, eine exakte: der ganze wächserne Greis, seine Hochländer und Plateaus, alle seine Pfade stehen der Spinne für ihre Landung zur Auswahl ...

Früher hatten die Männer ihre Blicke am Boden gehabt, wo die Schaben kreuz und quer überall herumschwirrten, jetzt heben sie sie unter die Decke, lenken sie dort zu einem gemeinsamen Punkt, lassen sie nicht mehr einzeln herumstieben, jetzt machen sie sich frei, ergeben sich entspannenden Bewegungen und versammeln ihre Blicke an einem einzigen Ort. Aufmerksam verfolgen sie die Vorstellung in der Luft, sie atmen entspannt, erleichtert, rücken die Bänke von der Wand, ziehen sich von der Bank an den Brettrand noch näher heran und drängen mit den Köpfen in den Vordergrund, jetzt können sie das, denn weder Berußung noch Versengung sind zu befürchten, die Spinne hat kein Feuer und keinen Wind, die Kerzen flammen ruhig. Die Männer stellen Vermutungen an, setzen auf die Nase, die Stirn, das Kinn, verfretten das ganze Greisengesicht, verwetten alle Erhebungen, Ebenen und Senken darauf. Der Mann stutzt den Docht zurecht, und die neue Flamme erhellt der Spinne gleich ganz anders den Landeplatz, den weißen und runzligen; das Schnaufen von allen Seiten beunruhigt die Flamme zwar ein bißchen, doch weil alle rundherum im Kreis atmen, macht es nichts aus, wenn das etwas verwirrte, abgezwackte Licht das Gewirr der Landepfade abschwemmt und durchscheinend übereinander geschichtete Schatten darüber weg schwirren.

Und als die um die Mitte angebundene Spinne die Beinchen anzieht und ausstreckt und beidbeinig aus der Warze ihre Aufhängung preßt und ihre Beuge- und Streckmuskeln mit Volldampf arbeiten, weil es bereits eilt und das Herablassen schon erledigt sein müßte; und als sie knapp über der Stirn des Alten in der Luft hin- und herbaumelt knapp unter der Stirn des Alten und sie das Atmen und Puffen ringsum überall dennoch zu nahe über die Stirn des Alten unter die Stirnfront der aufgereihten Betrachter trägt, kann sich die Spinne, je tiefer sie sich herabsenkt, desto schwerer eine Stelle zwischen den Augen in der Nasenwurzel auswählen, um dort zu landen; als die Spinne also am Ende des Herablassens übermütig und drehkrank am

Faden baumelt, drängt sich noch das Spinnenweibchen ins Blickfeld, das von der Decke herunter, wo die Aussicht besser und die Übersicht vollkommen ist, die Fäden miteinander verschlingt und über sie dem Spinnenmännchen Landeanweisungen erteilt und sein Baumeln dadurch ausgleicht, daß es ihm mit rhythmischem Reißen die Warze verzuckt.

Nun beobachten die Männer beide, hängen mit den Blicken an ihm, der auf einen bloßen Wink hin über die Holzkohlenglut herfiel wie ein Terz über den Sterz, um die Kastanien herauszuholen, dabei außer acht lassend, was wäre, wenn ihn unterwegs ein Staubwedel zerquetscht oder der Faden in der Warze stockt; und sie hängen mit den Blicken an ihr, die sich in Sicherheit reckt und fern der Aschenglut ihr bewegliches Hinterteil beschaut, ihre Beinchen streckt, tragen doch andere für sie ihre Haut zu Markte. Und man sieht es den Leuten an, an ihren Gesichtern ist es ihnen anzusehen, wie sehr die Wahrheit ihre Augen quält: sich selbst sehen sie am Faden in der Luft; während sich den einen die Grete ins Gesicht einprägt, die mit dem Pantoffel ins Gericht geht, hinterläßt bei den anderen der Mutige einen Eindruck im Angesicht, der beherzt seine Arbeit, sie oben zu sichern, verrichtet. Und obwohl alle wissen, wieviel es ihnen geschlagen hat, verbergen sie sich voreinander ineinander, verstellen sich und lesen einander von den Gesichtern, als hätten sie nicht alles schon hundertmal gelesen.

Diese Stellen im Haus hätten sie mit Wedel und Lappen nicht bedacht, hätten dort die Spinnweben nicht weggewischt? Sie seien nicht dazu gekommen, der Alte sei ihnen dazwischengekommen, so seien sie nicht dazu gekommen. Noch so werden sie sich alle Beine wundlaufen. Jetzt ist es zu spät, um mit dem Wedel in den Winkeln herumzufummeln. Das Ereignis hat sie überrascht, und nun wird sein, was ist: das Spinnengewebe wabbert in den Winkeln und kräuselt sich an der Decke, Staub bleibt daran haften, sammelt sich, nur ein eben erst fertiggestelltes Spinnengespinst ist jugendlich rein, bis zum Schimmern verfeinert und seidig, leicht, doch auch das beschwert sich, kaum daß es in der Luft hängt, mit Staub. Der Staub entspricht dem Stil des Tages, die Spinnfäden liegen in der Natur des begonnenen Geschehens, denn der Mensch wandelt in Staub, und der Staub wandert im Menschen, der Mensch verwandelt sich in Staub, der Staub nie in einen Menschen: am Anfang war er Schleim, am Ende wird Staub sein, rundkörnig, in der Mitte hohl und ohne Masse an den Rändern …

Der Spinne stehen das Weiß der Hände und des Gesichtes zur Wahl, alles andere ist verhüllt von Schwärze, auch das Gesicht wird später mit einem Tuch bedeckt, doch für so ein Spinnchen ist selbst soviel Weißheit zu viel: sie sucht nicht lange aus, zögert nicht länger, denn wer zu lange auswählt, dem bleibt oft nur der Ausschuß, sondern setzt sich mit allen Sechsen, den Rumpf geschmeidig wiegend, dorthin auf die Landeplattform, wo die Haut Falten wirft. Der Alte rümpft keine Fiber noch verzuckt er die Haut, er weicht nicht zurück, als die Spinne auf einer Furchenwölbung inmitten seiner Stirn landet, auf einem talgigen, gepflügten, gemähten und gerechten Feld, eher am unteren Feldende, ein wenig über der steilen kesselförmigen Mulde, und mit einem Zangendruck den Kletterfaden in der Furche festheftet, damit er in Reichweite sei zur Zeit der Flucht und des Rückzugs. Und als sie landet und sich fest niederkauert auf der kühlen Ausbauchung, sehen alle, wie dieses winzige Tierchen den Tod des Alten befestigt, seine Haken und Netze zusammenzurrt, Knoten knüpft, Staub über den Alten ausschüttet und ihn im Staub erstickt. Am oberen Ende zieht das Spinnenweibchen die Fäden zusammen, während ihr Alter unten in der Schlinge baumelt, lädt sie ihn ins Netz und bemächtigt sich seiner, wuchtet ihn am Faden zu sich hoch an die Decke, rafft ihn unter sich, so daß von den Rucken und Zucken des Raffens der Kletterfaden zuckt, sich strafft und zu zerreißen droht vor Anspannung, da an ihm ein so furchtbares Gewicht lastet, und gerade soviel, daß er oben an der Decke nicht aus der Verankerung reißt und alles, das in der Luft baumelt, begräbt. Und in der Luft baumelt in der Schlinge unten die Bahre, die samt dem Alten in den Abgrund stürzen wird, wenn die beiden Netzstricker den Faden zertrennen oder den Keil mit einem Keil austreiben. Beide vertiefen den Tod des Alten, so daß er nun tot ist wie nie zuvor, alles Tote hat sich in ihm gesetzt, sich aufgeklärt und ausgeformt. Jetzt hat er erst die Fersen bis zum Ausrecken von sich den Kerzenleuchtern entgegengestreckt, das Tuch am Fußende leicht aus der Einsenkung gelüpft, so daß es zu wimmeln begann in den Sträußen und zu schwirren unter dem Schleier, jetzt hat er sich am Dulden satt gegessen, überessen, und berauscht an der Stille, die Taubheit hat sich mit der Blindheit abgefunden, das Stummsein hat sich mit dem Lahmsein vereint, das Gesicht ist wächserner geworden, wächsern die Finger und Knöchel, mehr an Glasur und Überguß vermag nun die weiße Ebene inmitten des Dunkeln und Düsteren, jetzt erst ist auf der Bahre Staub zu Staub geworden.

Die Spinne verweilt nur so kurz auf der Haut, daß eben genug Zeit bleibt, um herumzustöbern, sie saugt ein bißchen im Wachs herum, wühlt mit ihren Beinchen den Talg auf und entschließt sich für den Biß, für den Durchbruch und setzt schon die Zähne an, da entdeckt sie vor sich die Falle: die zwar wegen des schöneren Scheins noch gefalteten Hände, doch die schon fangbereiten, lauernden, sich langsam und listig bewegenden, weil sich voneinander lösenden und sich heimlich verselbständigenden Finger, in winzigen Windungen wikkeln sie sich vom Knäul, verwandeln sich in einen Fliegenfänger, allzeit auf der Lauer voller Kraft für einen blitzartigen Vorstoß. Und am allerwahrscheinlichsten in dem Augenblick, wenn sie mit dem Hineinschlagen der Zähne in die Ausbauchung der Furche beschäftigt wäre, würden die Finger nach ihr schlagen, sie auflesen, ihrer Beute hinterherstürzen und sie zermahlen. Und mit Schwung wirft sich die Spinne gegen den im Wachs verankerten Faden und rettet sich schwankend im letzten Moment vor dem Toten vor dem Tod hinauf zur Decke. Erst oben atmet sie auf, schaut hinter sich und sieht, daß die Hand unten ihr nicht mehr sengend auf den Fersen ist.

Die Frauen kehren mit Tellern und Tee und Pogača zu den Männern zurück, setzen sich zu ihnen, um mit ihnen die geschmalzenen Leckereien mit Schmatzen zu verzehren. Doch kaum haben sie sich bis zur Hälfte der süßen Pogačabewältigung durchgeschmatzt, da rücken ins Zimmer schon neue Ankömmlinge: mucksen kein Wörtchen, ohne Gruß und Blick, wie sich das gehört, ohne Feingefühl und Rücksichtnahme besprengen sie den Toten auf der Bahre, kauern sich mitten in der Bauernstube nieder und lösen den Pfropfen aus dem, das sich angesammelt hat; der Frömmste von ihnen wälzt voraus und bietet seine Kramwaren an, legt sie auf vor ihm, der schweigt und keinen Preis nennt. Der über dem Gesicht des Alten bald hüpfende, bald streunende, bald wieder darüber hinwegfegende Buchsbaumzweig, mit Tropfen beschwert, hat erst die Spinnenleitung aus der Verankerung auf der Stirn gerissen, hat den Alten vom Netz befreit, und als die Besprenger die Zweige zurück in die Porzellangefäße steckten, waren alle ganz durchwirkt mit seidenem Gespinst, ganz umwunden mit Spinnengeweb.

Der Berggang hat die Neuen hungrig gemacht und außer Atem gebracht, und wenn sie unterwegs auch noch so hungrig geworden waren und ihnen, als das

Haus aus dem Grün aufschimmerte, Pogača und Tee entgegengekommen waren; und wenn sich diese auch, je weiter sie sich dem Haus genähert hatten, umso aufdringlicher in ihnen gesetzt hatten und ihnen nun ganz aus der Nähe mit jedem Atemzug gewalttätiger schlimm zusetzten; und wenn auch die Pogača ihre Lust noch so aufgestachelt und hundert Genüsse erweckt hatte, murrten sie nach innen und nach außen, sie mußten ihre Gier unterdrücken, auf später verschieben, wenn es gut ginge, wenn nicht, dann für eine teuflisch lange Zeit verschlingen oder gleich ganz vergessen, denn zuvor war es noch nötig, sich der Pflichten zu entledigen, sich das Vertrauen der Hausleute und der Gesellschaft, die es sich bereits ersabbert hat, zu erplappern. Die Pflichten strecken sich in die Länge, ziehen sich in die Breite, reichen in die Tiefe, drehen sich wie ein Zahnrad, das nicht aufhört, in ein anderes zu greifen, und sie werden alle Zähne abgewetzt haben, ehe sie sie in die Pogača schlagen, und es wird nicht viel von ihnen überbleiben, womit sie noch nach der Pogača schnappen könnten. Und dieses neue Korn, das von Pflicht wegen aus leerem Stroh in die Stube spritzte, zählte nicht mehr als das leere Stroh selbst, aus dem nichts mehr zu spritzen hatte.

Bei der Ankunft der Neuen stellt das Frömmlervölkchen nun gezwungenermaßen, um seine Speise gebracht, die halb geleerten Schalen weg auf Fensterbretter, unter Stühle und Bänke auf bloße Bohlen, steckt sie zwischen Blumen und Tücher, nimmt sie zwischen die

Knie oder hält sie die ganze Zeit einfach in der Hand und wärmt sich an ihnen in der Kühle, die die ruckende Monotonie der still lauten Gesellschaft ausstrahlt. Das Frömmlervölkchen bereitet sich auf eine lange, lange Zeit vor, und um sich nicht abzukühlen, zu verdunsten und völlig zu verduften, mit kaum angebissenen Pogačaschnitten, kaum versehrten, bedeckt es sorgsam die Schalen, um zu retten, was zu retten ist; es legt die Pogača vor sich auf die Knie und Röcke, und ein gerüttelt Maß ungezügelten Unmutes zeigen die, welche die Pogača unter die Achsel klemmen und mit den Ellenbogen an die Rippen pressen. Die Schalen mit der darüber gelegten Pogača am Boden und unter den Bänken wären eine verlockende Gelegenheit, doch den Schaben, diesen verschreckten Schlüpflern, wurde schon zu hart zugesetzt, als daß sie sich noch aus ihren Löchern wagten. Die Ankömmlinge, die so ungelegen wie nur möglich zu ihrer Pogača- und Teezeit angestürmt waren, haben beide um beides gebracht, abgerupft, abgeastet, abgeerntet: weder hinter noch unter einen Zahn können sie es verbringen, denn die ganze Schar muß dem Antwort geben, der voranschnurrt, so ist es das Gesetz der versammelten Scapulierbruderschaft, und jeder weiß, daß es geboten ist, zu beten beim Speisen und Trinken, und daß es nicht angeht, zu speisen, zu trinken beim Gebet. Diesmal sind Pogača und Tee beide verloren, wenn der Eifer endet, falls er endet und es nicht passiert, daß eine neue Gruppe herbeigeströmt kommt und in einem noch ungelegeneren Augenblick hereinplatzt; wenn sie kommt, wird der Tee kalt und die Pogača verduftet sein und soviel vom muffigen Geruch, soviel von der Feuchtigkeit der Winkel und vom Schimmel der Bodenbretter angenommen haben, daß sie ungenießbar sein wird. So sollte denn heute ihre Pogača ungenießbar sein und auch die Beeinträchtigung festgestellt: auch noch diese Ankömmlinge werden zu ihnen mahlen kommen!

Den auf dem Boden Knienden beginnen schon Knie und Kreuz zu schmerzen, in ihren Gelenken kribbelt es, und das Beten zieht sich hin und hört nicht auf und zieht sich hin und hört und hört nicht auf. In Notwehr knüllt ein Mann ein Küglein aus Papier und schnippt es vor sich in ein Kopftuch, doch das Häufchen am Boden, die Maid ist schon zu sehr versunken in ihrem Leid, zu sehr mit den Knien am Boden festgewachsen, um den Schuß am Kopf noch zu spüren. Der Mann findet Geschmack an der Sache, knüllt Küglein aus Papier, gibt mit zwinkerndem Auge einen Wink, zielt, schnippt vom Finger mit dem Finger Kügelein in das junge Mägdelein im Zimmetrock, so einem wie in der Pogača, und dem Mägdelein prägen sich mitsamt dem Kügelein des Werfers hungrige Augen ein. Schon die bloßen Tücher üben einen Reiz auf die Männer aus, die bei Toten nur wachen, um sich Mädchen anzulachen. Am Mägdlein ist noch Liebreiz genug, daß sich der Grünling alle Zehne ablecken kann ihretwegen, ihre Jugend ist ein Aufputz für die ganze Gesellschaft, deshalb beginnen nun die Küglein geordnet an den Köpfen vorüberzuzischen, vielleicht werden sie den, der vorauseilt, die Leier in

Gang hält und schon allzulange die Gesellschaft in der Stube speist, aus seiner Verbissenheit stupsen. Der fesche Friedel sieht jetzt klar, löst sich aus seiner Schote und schenkt sich der reschen Trauten unwissend umsonst, denn seine Grete, frisiert ach, und so herzig und sauber und ach, so etepetete, der er gerade den Kopf verdrehte, ist früher schon mit Burschen gegangen und schwärmt nun für einen anderen, und mag von ihm und seinem Zischen nichts mehr wissen, woraufhin es den Friedel wieder zurück in seine Schote zieht. Ihre Begleiterin hat im Kinn ein Grübchen, eine andere zwei Grübchen in ihren Wängchen, eine wahrhafte Schönheit unter neun Schönheiten, ihre Grübchen kollern den Leuten durch die Köpfe und rollen in ihren Augen. Die Jugendzeit ist nicht gescheit: springt über den Graben und könnte eine Brücke haben, und auch das Alter ist nicht gescheit: springt über den Zaun zur Fastenzeit, wirft Schlingen aus und will scherzen, und da brennen Kerzen, hat sein Pläsierchen an Papierchen. Die Männer schnippen und schnippsen, daß es eine Freude ist, und bald fliegen auch Küglein aus Pogača durch das Zimmer, die sich am Ziel weich und freundlich ins Fleisch senken. So ein Küglein ist den Rebhühnern gerade recht; und die Hände, die dann über die Grübchen, das Getroffene fahren, damit sie die Spur des Kügleins verwischen, von Versengung und Unebenheit, erregen die Männer so sehr, daß jeder sofort unter die Bank wieder nach einer Krume langt. Jeder will die Seine bezeichnen, mit besonders kunstfertigem, eigenwilligem Schnippsen von den anderen scheiden. Die, die ohne Papier gekommen sind, zerfleddern die Krume, die Rosinen und die Zimtfülle und kneten sie, reiben die Blätter des Grünzeugs zwischen den Fingern, drücken die Farben aus den Blüten und Sträußen, und auch über die, an denen nicht viel Schönheit dran ist, die Unansehnlichen, die beiden Nachbarstrampel, die die Sünde selbst verschmäht, fallen Schnipsel ein und bezeichnen alle gleichermaßen, denn der Tag wächst sich mit jeder Stunde weiter aus zur allesumfassenden und alleseinschließenden Entrückung des Abends. Immer wenn ein Küglein ankommt, wenden sich die Tücher flatternd um, da blitzen schon die Zähne hinter den Lippen hervor und zeigen den Treffer an, überall kreuz und quer fliegen die Bömbchen durch das Zimmer, und bald bricht der eine, bald der andere in Lachen aus, prustend in krächzendes Gelächter, das die frommen Schwätzer und Zungenwetzer sofort mit Pssstzischen verscheuchen, worauf die lauten Lacher den rauhen Umweg einschlagen und ihm wieder einige Zeit gelangweilt folgen. Die Küglein schwirren dicht, beständig, fliegen von hinten nach vor, treffen, verfehlen, bleiben in Falten, Spalten, Sprüngen stecken, fallen zu Boden: wo immer der Esel war, läßt er sein Haar. Jetzt in der Hitze des Gefechts sieht man noch nicht das ganze Ausmaß des Verderbens, das die Geschoße anrichten, weil sie die Leute herumstoßen und verzetteln und verstecken, doch wenn alle das Haus verlassen haben werden, anderntags, übermorgen, und die Stube leer sein wird, wird der Boden von

Unrat aller Art bedeckt sein, denn es läßt der Esel sein Haar, wo immer er war. Das Wirrwarr der Lachenden verzuckt die kniende Heiligkeit im Bodenbereich zwar ein bißchen und dringt auch ins leiernde Antwortsagen ein, anhalten kann es das Leiern aber nicht, es kann ihm nicht das Wort zerbeißen, im Gegenteil: der am Boden legt sich ins Zeug, als wollte er einen Toten aus seinem Grab hervorrufen, unbeschadet schaut er scheel, setzt zu Worten an, läßt gar nichts an sich heran, mit siegesgewiß erhobener, noch kräftigerer Stimme läßt er die Beeren rieseln. Wie ein Buchenstumpf fest fährt er fort und hält bis zum Ende das Seine an der Oberfläche, betont die Vaterunser noch mehr und verdeutlicht die Avemarias.

Die Vorhergekommenen haben bis zum Abend alle Ereignisse im kleinen Finger und kennen auch sonst das öffentliche und das verborgene Gerede der ganzen Umgebung, für die Spätergekommenen holen sie das Versäumte nach, bieten es ihnen mit allem Zurückliegenden in allen Einzelheiten und Kleinigkeiten dar, und ihrer Natur gemäß führen sie selbst die Düfte und Gerüche vor, die sich ändern am Abend, wegen des Ausräucherns der Luft, und sich wieder ändern um Mitternacht. Das Gewimmel führen sie ihnen vor Augen, die Schaben spannen sie auf ihren Leisten, bereiten sie auf für sie, wegen deren Gefräßigkeit die Brot- und die Mehlmotten im Haus überhaupt nicht mehr zum Fressen kommen. Das Weibergeschwätz ist mit dem der Männer nicht zu vergleichen, das Weiberwerk kann die

Männer nicht erreichen. Die Neuigkeiten des Tages und des ganzen Abends lesen sie der Reihe nach von ihrem Haken ab, sie schütteln sie aus dem Ärmel, beschaffen dem Dieb einen Dieb, dem Pfaffen einen Pfaffen, der Bohne eine Bohne und der Drohne eine Drohne, wenn sie an der Bahre sitzen, und seinerzeit sei alles anders gewesen, und nur für den, der niemandem seinen Dummkopf, seine Lauscher hinzurecken hat, kriechen die Stunden langsam hin, quellen aus dem Gefäß und treten noch nicht über den Rand, und nein, sie quellen nur, aber fließen nicht und tropfen nicht ab. Alle strecken die Zungen aus, plappern, saugen sich Nachrichten aus den Fingern, gleichsam von allein verfangen sie sich in ihren Ohren. Eilen tut nicht gut, Verweilen macht böses Blut, doch alles ist einerlei, ob jemand eilt oder jemand verweilt, nichts ist je versäumt, natürlich lieber heute als morgen, doch niemand wird heute, niemand wird morgen in irgendeiner Weise um irgend etwas gebracht. Der Tag geht zuende, morgen noch und noch übermorgen wird der Morgen eingeläutet werden, bis dahin werden alle die Trauerfeier hinter sich haben. Jeder kommt, wann er kann: die, die sich als Tagelöhner auf dem Land verdingt haben, und die, die sich erst verdingen werden; solche, die gern kommen, und solche, von denen es überall wimmelt, solche aus Trotz und Verdruß, aus Gewohnheit und Lebenslust, aus Neugier und Langeweile, und die, die jemandem nachstellen oder Frauen auf den Fersen sind, weil man sonst schwer an sie herankommt. Die Säumer sind in keiner Weise schlechter dran, um nichts besser die Frühzeitigen: die Wechselseitigkeit des Begräbnisses verbrüdert und verschwistert alle, die traurig fröhliche Wahrbruderschaft macht alles gleich, Säumen und Frühzeitigsein, verknetet einen mit allen zu einer Gemeinschaft und alle mit einem, so daß es am Ende keinen Unterschied macht, ob überhaupt irgendwer kommt oder gar keiner.

III

AN EINER SCHLIMMEN KNORRE WIRD EIN SCHLECHTER KEIL ZUSCHANDEN

Je weiter das Totenwachen sich seinem Ende zuneigt, umso schlimmer wird der Ansturm der Leute und umso dichter drängen sie auf die Anhöhe, scharen sich zusammen auf Och-en und Ach-en, der Sog des Totenhauses saugt alles im Dorf auf und kehrt es aus, zieht die Dorfhäuser auf den Hügel herauf, selbst jene fremden und fernen, nur in klaren Nächten sichtbaren, wenn ein Lichtfunke dort in der Ferne drunten auf dem Meer der Dunkelheit weit hinter den Ebenen unterhalb der Hügel unten in den Niederungen tief darunter, diese aus den Tälern bergan pulsenden Lichtchen, die dem einsamen Lichtchen vom Hügel ein Schimmern schulden und rückerstatten und es zufällig gefunden haben, weil es in jenem glücklichen Moment, als die Hausfrau den Besen an den Türpfosten ausklopfte, durch die Ziehtür entwischte und durch das Gehölz hinunter zu den Tallichtern schlüpfte, eben als der Sturm für einen Augenblick die Gezweigmassen vor ihrem Gesicht wegschob, so daß sie einander gerade von Angesicht zu Angesicht ansehen, sich einander enthüllen und einander als enthüllt erkennen und wieder verlöschen konnten, da der Wind mit dem nächsten Stoß wieder seine undurchdringlichen, undurchsichtigen Vorhänge aus schwarzem Grün, lang genug für die nächsten Jahre, zwischen sie geschoben hatte und die Häuser hätten einander auch heute noch nicht gefunden, hätte nicht dieser Windstoß zufälligerweise die Äste auseinandergerückt und aus ihrer Luftlinie alle Hindernisse geräumt, die bisher den Blick versperrten, und, wäre nicht vor das Haus in der Ferne unten und das andere oben auf dem Hügel gleichzeitig ein Mensch getreten und hätte nicht jeder gebannt ins bisher nie gesehene, unendlich entfernte Lichtlein vor sich in der Ferne geschaut und hätten nicht beide den selben entscheidenden verpflichtenden Gedankengang ausgelöst. Der Wind wütet auch später noch ohne Unterlaß, doch legt er den Lichtstrahl zwischen den beiden Häusern nie mehr frei, dennoch wissen die Häuser nun, daß hinten hinter den dunklen Massen unsichtbare verborgene Häuser liegen, die jenes einmal vergossene Licht auf immer verpflichtet zu Freuden und Unglück. Deshalb sind alle gekommen, herausgekrochen aus dieser Ferne, und auch solche sind unter ihnen anzutreffen, die mit dem Verblichenen selig weder im Lichten noch im Dunkeln gewesen sind, weder Fleisch noch Fisch, und nur die Neugier plagt sie, wie es sich wohl anderswo stürbe und wieviel der Tod andernorts koste, und die Hausleute sehen und sehen sie an und wissen nicht, woher sie sie kennen sollten. Viele Hunde sind des Hasen Tod, viele Gräber ein Totengarten mit Totenruch, viele Tröpfchen sind ein Trauertuch …

Die Zeichen werden immer offenbarer, eindeutiger: Greisinnen, die im Stil des Tages runzligen, wie

Birnen gefältelten, diese Greisinnen, die bei schlechter Gesundheit sind, laufen zuhauf. Ihre Gebrechlichkeit hat sie verdorben und das Leiden gepeinigt, in den letzten Atemzügen ließen sie schon die Köpfe hängen und streckten sich schon aus nach den Pilzen im Maulwurfsfeld, waren am Sterben, schon ganz am Arsch, und ihre Augen starben gerade eben noch ab, sie weinten über sich und wehklagten, doch kommt ihnen das Klingen der Zügenglocke zu Ohren, das einen Todesfall im Dorf verkündet, nicken sie entschieden mit dem Kopf, raffen sich auf, ihre Augen klären sich, alle Arzneien werfen sie fort und folgen gesund und bei Kräften dem Zügenglockenklang. Das Wissen, daß sie vor der ihren eine Zügenglocke für andere klingen hören und sie den Sargdeckel über ihnen einschnappen sehen vor dem ihren, hat sie am Leben erhalten, vieles Schlimme und Bittere, unter den Nägeln Brennende ging vorüber, doch jetzt, verjüngt, schon unterwegs auf dem Weg zu ihm, schmieden sie den Verblichenen in den neunten, auf daß sie selbst in den zehnten geschmiedet würden in der Stunde ihres Deckels.

Zum größeren Teil kommen sie nach Feierabend, wenn der Dämmer niedergeht, oder noch später, andere kommen erst im Schein des ersterbenden Mondlichts. Nach dem tagtäglichen Gang werden diesmal die Bejahrten und mit Beschwerden Belasteten einfach bis zum Morgen bleiben, bis zum Begräbnis, und werden sich in der Not in einen Winkel drücken, sich zwischen zwei Nachbarn eingeklemmt an einen der Genossen schmiegen, denn auch zuhause gibt das Schlafen nichts her. Einige von jenen, die dem Schlaf näher sind, kehren freilich mitten in der Nacht nachhause zurück. Das Mondlicht bleicht ihnen den Himmel, da sie über den Abschuß eilen im Gänsemarsch, denn der Weg ist schmal und selbst die Dürren können sich nicht aneinander vorbeischlängeln über den Berg. Da sie durch das verödete Weideland stolpern, durch den Kahlschlag, der von Stechicht überwachsen wird und wo der Bauer Binsen mäht für die Streu, durch Buchen- und Ahornwald, wo trockene Reiser und Holzsplitter am Weg liegen, vorbei an vereinzelten ranken Tannen, treffen sie auf jene, die hinauf durch den Wald Anlauf genommen und sich jetzt der Schräge zugewandt haben und schweigend herumstreifen in der Dunkelheit, vorbei an den ihnen Entgegenkommenden. Beim Ausweichen rücken sie beidbeinig an den äußersten Rand, die Schuhe haften zwar noch am Pfad, doch den Körper muß der auf der oberen Seite wegrücken, vom Pfad zum Berg hin, sich hinunterbeugen längs des Abhanges in die Parallele; die auf der unteren Seite drücken ihn in die Leere unter sich, beidhändig eine Stütze in einem Busch haschend und hoffend auf üppigen Gebüschwuchs an dieser Stelle, beidhändig das Körpergewicht an den ersten Ast hängend. Ein bißchen bergauf, ein bißchen in die Schräge, ein bißchen entgegen, so kommen sie daher auf Lang- und Kurzwegen. Manche sind von unbekannt wo ausgerissen und niemand sieht sie sich von irgendwoher nähern, sie entkommen der Nacht und stehen plötzlich im Haus, so daß selbst der ohrlose Hund diesmal aus seiner Hütte nichts dazu zu bemerken hat, sein Bellen bleibt ihm im Halse stecken, später hat er keine Lust mehr, etwas zu sagen, denn allzusehr hat die Verblendung ihn verschnupft. Um Mitternacht steht vor dem Haus ein Menschenkreis, wird von Kälteschaudern überlaufen, und am Abend und im Tagen steht der Menschenring da vor dem Haus. Die Klappermühlen werden laut auf den Dächern und mit hölzernen Klappen geben sie in die Nacht Zeichen für die Kommenden, daß das Haus, dem sie entgegeneilen, nah sei, und Zeichen für die Kreise auf der Anhöhe, daß das Haus, vor dem sie stehen, das richtige sei. Die Klappern knattern im Wind, obwohl da nichts zu verscheuchen ist, denn nun ruhen Häher und Elstern in der Zuflucht Gehölz in Sicherheitsabstand vom Haus, gewöhnen sich über Nacht an das Geklapper, so daß sie keine Angst haben, wenn der Tag kommt und neben ihnen eine Klinke klackt oder eine Falle zuschnappt. Noch weniger kümmern sich die Zwitscherschläger, die Singvögel, um das klappernde Gerassel, nur eine Spannweite entfernt versteckt in Wipfeln, unter Dächern und auf einem knarrenden Karren in der Spurrinne. Und gegen Morgen steht im Hof ein Lindenbaum, um ihn herum eine Bank; neben dem Lindenbaum ein austreibender, in Holz gehender Buchennußbaum, von dem man noch nie Früchte ernten mußte, über den Weg seine fruchtlosen Äste reckt über die Kreise, die den Anger gegen Morgen zertreten.

Wenn der Tag sich zur Nacht neigt, überlassen die Hausleute den Alten ihren Gästen, legen wallende Umhänge, Deckmäntel an und machen sich auf in den Stall. In vier Schichten, dreien, arbeiten sie im Stall, taumeln in der Scheune und in der Streuhütte herum, in zwei Schichten baumeln drei im Hof vor dem Stall, im Sau-, im Maststall, kreuz und quer im Hof. Das angebundene Vieh machen sie unruhig, das in den Stallungen wecken sie aus dessen Schlaftrunkenheit, lösen ein Gegeneinanderanrennen und Wetzen aus, ein Anstoßen gegen Planken, ein Reißen, Brüllen, ein Lautwerden, doch all dieses Durcheinandermischen von Stallgetöse, Stallgeräuschen wird übertroffen von einem Grunzen, einem durchdringenden und eindringlichen, so daß niemand mehr seine eigenen Worte versteht, und sich klarerweise die gewalttätige Schweinerei vor allen anderen als erste Nahrung und Speise erpreßt, woraufhin das Grunzen übergeht in ein Schmatzen und Patschen und Umrühren des mit Rüssel und Klauen weichgetretenen Morasts in den Trögen. Gemästet werden die Jungschweine aus dem Frühjahrswurf und alte Masttiere für die Salami, doch ihr Grunzen vor dem Fressen unterscheidet sich gar nicht von dem vortödlichen am Schlachttag. Das Pferd hat sich sattgeweidet in der Ödnis und wird schon mürbe hinter der Hürde. Es wird in die Stallung gebracht, und aus der eisenbeschlagenen Truhe füllen sie einen Strohkorb randvoll mit Kleie und setzen ihm den vor, damit es bei Kräften sei morgen für das Wiste her und Hüha. Das fettärschige

Pferd füllt die Stallung und zermalmt genüßlich zwischen seinen Zähnen körnige Heublumen, nachdem der Staller das Zaumzeug aus dem Maul genommen hat und mit Bürsten, mit Kämmen und Striegeln die Haut glättet und die Mähne schniegelt, damit das Haar morgen hell und glänzend sein wird. Zum Melken wird den Kühen Kleie hingelegt, damit sie ruhig stehen und nicht mit dem Kopf umherschlenkern und mit dem Schwanz herumschlackern an der Melkstatt und im Gemolkenen; den Ochsen ihr Teil in eine Ecke hingelegt und in die andere der für den Stier, der vom Alter mit Eiterklümpchen verklebte Augen hat, doch trotz des Augenflusses teuflisch stößig und veredelnd ist. Dem Stier legt man grünes Zusammengerechtes hin, denn er wird nicht auf die Weide gelassen, weil er Weidgrund und Weidvieh allzusehr zusetzt. Die Jungochsen und Färsen nicken an den Krippen, bis auch ihre Köpfe im Futter versinken. Die Kuhfladen und Pferdeäpfel scharrt die Stallerin auf einen Haufen, und ihre Spur verliert sich erst draußen auf dem Misthaufen. Über die Planken recken sich die beiden Kälber, und die Melkerin eilt schon mit der Biestmilch. Hinein in die Haus- und Stallarbeit beginnen die Truthennen zu kollern, der Hahn pickt laut nach einem sich allzusehr aufplusternden Huhn, die Glucke wird die Nacht auf den angesetzten Eiern verbringen …

Heute steht der rotbraune Ochse ruhig, versorgt seine Wunden, verbirgt sein Kopfnicken im Futter nicht, die volle Krippe, der Platz neben ihm ist leer, hinter dem Gespanngenossen sieht er in der Leere den Ochsen, der den Stall gestern verlassen hat, um herzuhalten für den Totenschmaus, den man morgen nach dem Begräbnis verzehren wird. Lange wählte der Bauer aus zwischen der Kuh, die gerne verwarf, und einem der beiden Ochsen; sie verwarf er, ihn wählte er aus für das Totenmahl. Der rote Ochse hat nun keinen Gefährten, man wird ihn nun nicht mehr als Paar anbinden: gestern noch paarweise angebunden, heute schon vom Joch befreit, des Pflügens im Herbst ledig. Der Alte wird das Haus nicht mit leeren Taschen verlassen, der Alte liegt im Zimmer nicht mit leeren Händen, des Alten Beutelchen ist mit einer schönen Wegzehrung ein Gewinn, ein Mitgiftjäger schon, doch das Mitgiftjägerbeutelchen ist kein Toter. Den Schnappsack und den Wanderstab hat er zurückgelassen, ihrer bedarf es nicht, denn der Weg ist glatt und führt über ebenes Feld, wozu Reiseproviant: du springst und bist am Ziel. Der Weg ist nicht glatt und führt nicht über ebenes Feld, der Weg ist ein langer Aufschwung und ein geschwindes Zerstiebenmachen von unterhalb hoch in bloßen Lufthängen, wozu beim Sprung die Unzerstieblichen, Schnappsack und Wanderstab? Der Ochse ist allein mitgegangen, und in Begleitung des Ochsen ist der Weg sicher, eben, ist die Steigung glatt und das Zerstieben so fein wie nur möglich, die Verdünnung in diesen Höhen schnell und die Zerstreuung ausgiebig und gründlich. Der Ochse ist ein Gefährte, der Ochse besteht aus Muskeln und Kraft, gemeinsam werden sie die Felder oben im Zerstiebenen umackern, die Ackerbeete auf der Kahlfläche umgraben, auf den Zerstreuungen aussäen und Knollen einsetzen und umsetzen, wenn sie austreiben. Einen der Ochsen hat er mitgenommen als Wegzehrung, beide ihres Joches ledig, und für beide ist es dieselbe Scheiße, ob ins Joch gespannt zu sein oder mit dem Alten unterwegs: man hat sie einfach an die Krippe festgebunden, teils wegen der Madenwürmer in ihren Ärschen, teils damit sie besser und schneller zur Verfügung stehen, denn man würde sie lieber den Nachbarn leihen, als daß sie unnütz und untätig im Stall stünden, die Nachbarn haben den Freundschaftsdienst des Leihens mit Dienstboten abgedient – und je mehr Dienstboten auf Feld und Acker, desto mehr Gänge in die gepachteten –, so bedeutete das für einen Ochsen nur noch größere Qualen. Das Leiden bringt seinen Stachel auf das Land. Das Doppeljoch hat beide bedrückt, geschunden, Wunden ausgesät, schließlich verwuchs das Joch mit dem Fleisch, und weil man sie zu lange nicht ausgespannt hatte, ist es ihnen am Kopf angewachsen. Der als Ochsenführer Geübte hat ihnen gestern das angewachsene Joch samt der Behaarung vom Kopf gezogen.

Die Arbeiten im Haus, im Stall gehen weiter, als stieße ihnen der Alte nicht zu, nur jene draußen sind aufgeschoben für Tage, und erst wenn man die Bettwäsche des Alten auf das Stoppelfeld getragen haben wird, das Bett selbst und das Kästchen, die Roßhaarmatratzen, die Decken, sein Schuhwerk und Gewand, und auf dem Scheiterhaufen all der persönliche Ramsch verbrannt ist und der Wind alle Rauchschwaden vom Grundstück verweht, aus Talgründen, Wasserrinnen und Gräben, die Furchen und Hohlwege hin bis zum Haus leerfegt, neben dem der Obstgarten sich ins Feld verliert, und der Regen den Anflug von den Früchten wäscht und den Ruß von den Blättern, wenn es ausgekracht hat und es aus den Wolken schüttet und der Regen um das Haus allen Unrat hinter ihm her in die Schächte schwemmt, kurzum, wenn seine Sinnes- und Körperstörungen ausgemerzt sind, erst dann werden sie die versäumten Geschäfte mit doppeltem Eifer wieder aufnehmen.

Auf dem Gerstenfeld schießt Heiden aus der Erde, das letzte Grummet liegt darnieder, wartet darauf, in Schober gelegt und getrocknet zu werden, und daß jemand Laub zusammenrecht für die Streu: jetzt wirbelt der Wind das Aufgeworfene auseinander und niemand verwehrt ihm, daß er es zuhause wieder an den Wiesenrain verweht, am Fuß des Waldes und unter den Bäumen verzettelt, das Zusammengerechte weg vom Haus verträgt, das Rechicht in Krausen in die Mulden treibt. Schon ist der erste Rauhreif gefallen und der Tag wird einem vor den Augen kürzer, und der Abend zieht sich einfach hinein in die Nacht. Hätte der Alte nicht noch ein wenig säumen können, fast wären sie fertig geworden und würden ihn nun ruhiger, entspannter unter den Rasen bringen; so hat er auf ihrem Besitz auch beinah nie einen Hasen eingefangen, kaum und kaum wird es ihm nun gelingen, kaum wird dieses Übel vorüber sein. Jetzt ist die Zeit ungelegen, sich so eine Trauer anzutun, erst unlängst haben sie sich eine angetan, als im Hang eine Kuh stürzte und auf dem Rücken in der Wasserfurche liegenblieb, gerade die beste, trächtig war sie obendrein und eine Melkkuh ohnegleichen. Angesichts solchen Unglücks wird niemand innehalten bei anderer kleiner Unbill, obwohl heuer alles schief läuft und das Kraut nicht häuptelt, sondern sich auslädt in schwammige, buschige Köpfe, in leere Hoffart. Hätte es wenigstens eine Altkuh erwischt, wäre es schon hingegangen, man hätte sie schon mit Trauer bedacht, doch es traf das schönste Stück im Stall. Weder auf Zureden noch auf Schläge hatte sie sich aufgerappelt, auf Stiche hin hatte sie sich zwar aufgebäumt, geschnaubt, gekeucht, und mit jedem Aufbäumen flackerte die Hoffnung auf, sie würde auf der Stelle vielleicht doch noch aufstehen, aber sie fiel sofort wieder in den Morast. Die Männer streckten ihre verrenkten Beine gerade und brachten sie in eine Lage, daß sie nur noch hätte Kraft in ihre Muskeln schicken brauchen und sie wäre über die Weide hin geflogen. Und als alles zusammen nichts half und im Muskelgeflecht jedes Mal sich nichts als ein Zucken und Reißen gerade soviel rührte, daß es sich rührte, und selbst das erlosch vor seiner Geburt, banden sie Seile an ihre Vorderbeine, an ihre Hörner und zogen die Kuh auf ihrer Wampe die Wasserfurche hinunter ins Freie, keuchten vor Anstrengung und schleiften sie mit kräftigen Zügen ins Trockene. Die Kuh erfüllte die ganze Wasserrinne mit ihrem schweren Rumpf, und hinter ihr sammelte sich Matsch, auf den Gefällen sickerte der trübe Dammschlick links und rechts in die Öffnungen unter dem Tier und sickerte vorbei in die Schuhe. Auf stand sie nicht – weder während des Ziehens noch im Trockenen. Getreidekuchen brachte man ihr, einen Sechter voll Kleie, doch sie verschmähte es und blies nur in den Schrot. Man wartete und hoffte, umzäunte die Ebene, damit sie bei den Versuchen, sich aufzurichten und aufzustehen, nicht noch einmal stürzte, am Stamm band man sie, nicht in der Behelfseinzäunung, fest, damit sie ihre Herde finden könne, wenn sie sich ausgeruht haben würde vom Ziehen und die gespannten Gelenke sich erholt hätten. Sie hatten Platz gemacht, der Kuh Zeit gegeben, ihre Kräfte allein zu sammeln, und Gelegenheit, sie zu überraschen. Über ihnen verdichtete sich schon das Dunkel, mit der Nacht hatten sie sie gestochen, entdeckten gebrochene Knochen, erledigten das Zerlegen aneinandergepreßt und schweigend. Einige Tage hintereinander hatten sie aus schwarzen Schalen getrunken und gegessen aus schwarzen Schüsseln. Denn die Traurigen kochen vor Trauer in schwarzen Töpfen ...

Das Grunzen ohnegleichen bringt die versammelten Gesellschafter auf die Beine, die das Totenwachen satt hatten und ungeduldig auf eine Gelegenheit lauerten, ihre viere etwas durchzustrecken, Finger und Kiefer aufzulockern, sich die Beine zu vertreten und den Rücken geradezurecken. Und als sich, wie bestellt, ein Grunzen bis zum Himmel hoch über den Hof ausbreitet und die Grunzer einfach ins Zimmer bröckeln und die Lärmlawine die Geschäfte verschüttet und unverzüglich jedes noch gar nicht recht ausgesprochene Wort zermalmt, da nützen sie die Gunst und gehen ihrer Wege, andere folgen den Hausleuten in Gruppen, greifen im Vorübergehen nach einem angelehnten Werkzeug, mit dem sie bei Erledigungen helfen wollen oder es wenigstens als Ausflucht verwenden für ihr Im-Weg-Stehen. Doch weil ihnen die Arbeiten selbst nicht in den Schoß fallen und die Hausleute zu sehr eingeführt sind und vertieft in die eigenen Bewegungen, jeder zu sehr vertraut mit seinem Geschäft, daß noch Zeit verschwendet wird mit dem Abwälzen dieser Arbeiten auf andere, verbunden mit zeitraubenden Erläuterungen und schon im vorhinein klarerweise erfolglosen erklärenden Anweisungen und überflüssigen Anleitungen, denn man sieht es diesen Verlegenheitsstallmeistern am bloßen Benehmen an, daß sie solche Arbeiten zuhause ganz anders verrichten oder überhaupt nicht, und sie in diesem Stall das Schießpulver nicht erfinden werden, denn eine Bürste bleibt eine Bürste, ob man sie nun von hinten plättet oder von vorne glättet, und es liegt also auf der Hand, daß man beim Haus die zeitraubende Arbeit am Schluß und Ende wieder selbst erledigen wird müssen und niemand anderer, freilich mit unersetzlicher Verzögerung, weil sich alle Anstrengungen, einen Teil der Stallgeschäfte auf unkundige und ungeübte Linkshänder abzuwälzen, als fruchtlos erwiesen haben und ins Leere gegangen sind und nirgends sonstwohin. Diese Bärenhäuter, die zuhause nicht einmal Wasser zutragen, tun hier in fremder Umgebung schön und tragen Gefälligkeiten an! Da diesen Müßiggängern also niemand eine Beschäftigung abtritt und jeder der hiesigen Staller sie ohne Umstände selbst erledigt, ja, allein schneller zuende bringt, als wenn er sie mit Unkundigen teilte, durchstreifen diese Helfer-Müßiggänger alle untätig kreuz und quer Stall, Streuschuppen und Hof, zerstreuen sich mit einer Besichtigung des Stalles und der Anlagen darin, damit die Zeit vergeht, stehen im Wege und im Licht, nicken bedeutungsvoll zwischendurch den vollen Viehständen zu, zu welchen es ihre Hauswirte gebracht haben, tun tätig, und wenn sie auch nur mit der Stalltür schnarren. Die Pferdemähnen betatschen sie über die Planken hinweg, die Kühe messen sie mit ihren Blicken und die Färsen, die ihnen ihrem Wesen nach Kühe mit zu kleinen Zitzen zu sein scheinen. Dem Burschen winden sie die Gabel aus der Hand, und der Hausfrau werfen sie die Sechter mit dem Gemolkenen um, so daß für das Kalb zu wenig Biestmilch bleibt. Manch einer liest im Gedränge einen Kuhfladen auf, watschelt schreitend mit ihm fort an einen einsamen Ort, um ihn dort an die Wand zu wischen, ihn abzureiben an einem eckigen Pfeiler, an einer Deichsel oder einem Trog. Bei all dem Gedränge der Leute und dem Gewimmel ist ziemlich lange Zeit niemand im Zimmer. Der Hauswirt zapft ein neues Faß an und bringt ein kleines Maß voll Hausmost. Auf die Einladung hin schwärmt die Stallgesellschaft wieder ins Haus, drängt sich um die Bahre, liest die Lichtstümpfe aus den Leuchtern, am Ende läßt sich selbst der Hausstock aus dem Stall fluchend vernehmen, gebeugt und die Hände gegen die Rippen pressend: es wird ihn doch nicht der Ochse auf seine Hörner genommen haben? Wer Pech angreift, an dem bleibt es kleben, wer einen Ochsen reizt, der wird es ihm geben. Das Gewand hat sich mit Stallduft vollgesogen, den nun jeder ausdünstet und in den nächtlichen von Kerzen, Blumen und Leichendunst durchschwängerten Raum hineinträgt. Der vom Toten ausgehende Duft hat sich wieder mit dem von den Trauergästen ausgegangenen vermengt.

Für alle ist an einem einzigen Ort kein Platz, weshalb sich im Hof einige recken und strecken, unter Bäumen zwischendurch die Blase leeren in die Nacht; an der Ecke oder einfach auf der Schwelle eine rauchen, die Kippen auf einem Stein, auf dem Anger austreten, oder einfach blind im Gras herumtappen. In einer Mühle muß man alles zweimal sagen, in diesem Schweinegrunzen reichen drei Male nicht, für das Paaren flüstert man einander nur mit den Augen zu: jene mit Kügelchen Betörten und zu zweien für einander Versprochenen belecken einander hinter der Hütte, im Auszugshaus, in der Schmiede, an allen Orten gleichermaßen fahren sie mit Fingerkuppen über Gesichter und ziehen einander an beiden Ohrläppchen zum Mund. Oder, schau an, dieses Gepurzel, dieses Schwanken der Blumen hinter dem Kreuz: war zwar der Ausschnitt auf dem Rücken und waren selbst Sommersprossen im Ausschnitt, so ein Rücken war nicht von schlechten Eltern, die Sommersprossen leuchten hell, so lieben sie sich und treiben Unfug in den Blumen. Sehr schnell hat das Kenntlichmachen mit den Kügelchen Zinsen getragen, der Samen hat sich zerkörnt, kaum wurde ausgesät, wird schon geerntet, Spreu von Weizen geschieden, die Liebreizenden von den Lieblichen und von den Liebreizenden die Allerliebsten. Es bekommt nicht ein jeder eine, und es gibt nicht eine jede ein Körbchen aus diesen Gerten her. Es läßt sich nicht jede unter der Nase herumstöbern, es läßt sich nicht jede – und Amen, und gilt lieber als – na, so blöde, aber dafür sind andere nicht spröde. Manche nehmen während des ungeheuren Gegrunzes, solange die Schonzeit währt, in der Scheune Zuflucht, huschen zu zweien kleiner, fast schon unsichtbar unter den Lichtkegeln über den Hof und entfernen sich mit ihren Dulcineas in die Dunkelheit, im Zickzack laufen sie, schlüpfen hinter eine Mauer oder verschwinden hinter einem breiten Büschel, und wenn das Gegrunze wie abgeschnitten aufhört, ist das Fickfacken erledigt, alles still und auch schon höchste Zeit, denn die Schonzeit ist abgelaufen, alles ist bereit für den Abschuß, und wirklich: dort in Sicherheit im Freien weit weg gehen sie einander mit klebrigen Zungen auf den Leim, im jungen Eichengehölz eher als im Nadelholz, dort wo der Fuchs leicht schlagend in einen Strauch huscht, in der Luft Tau und auf dem Gras, auf dem Farnkraut, im Laub Rauschen, rundum Wald, über ihnen Wipfel, über den Wipfeln am Himmel Flecken, Boten des Morgens, rechts das Feld, dahinter schon wieder Wald. Verklebt sind sie ineinander, mit dem Atemhauch dem Gesicht so nahe, daß der Beobachter nicht mehr unterscheiden kann, wo er aufhört und sie anfängt, womit sie atmet und womit er.

Und während die Staller schon alle ins Haus zurückgekommen sind, eine neue Säuerlingsmischung einzuatmen, kommen und kommen jene draußen nicht wieder: um nichts in der Welt kommen sie, ehe sie sich nicht vollends ausgebrunftet haben. Auch der Buntspecht vertreibt sie nicht, der zornig auf den Stamm einschlägt, weil diese Weizen- und Unkrautgeschäfte aus allzu großer Nähe seine Nachtruhe stören. Noch genügend Tag ist in dieser Nacht, daß sie noch ein bißchen auf dem Gipfel bleiben können, noch ein wenig drauflegen und genießen, diese Augenblicke in die Länge ziehen, und wenn sie auch nur um einen Katzensprung verlängern; noch ist genug Tag da, daß sie ihren Schleim in den Gewebewänden gründlich befestigen und ihre Winde enger das umschlingt, was den Atem raubt. Jetzt besteht kein Zweifel mehr: der Himmel wird gelöscht, es wird Tag, sie werden wiederkehren, sich entschließen, ob sie dem Haus im großen Bogen ausweichen oder gesenkten Hauptes zurück ins Zimmer kommen und den zu langen Ausflug scheinheilig im niedergeschlagenen Blick verbergen. Wenn sie in Bodenrinnen von den Höhen in die Tiefe kriechend herunterschlittern, klammern sie sich an den Stämmen der Bäume fest und verschmähen die Äste. An die Stämme halten sie sich, die Staller haben sich an den Ästen festgehalten, weshalb sie schon wieder im Zimmer beim Verblichenen sind. Sie halten sich an den Stamm, weshalb sie die längste Zeit nicht zurückkommen oder an diesem Tag überhaupt nicht mehr wiederkehren.

Gleich darauf, da der Stall sich völlig leert und zur Ruhe kommt und die Lichter der Reihe nach erlöschen und das Vieh sich langsam bei den Trögen hinlegt, während sich die Pärchen noch herumtreiben in den Dunkeln des Bauerngebäudes und einige vollends versinken auf den steilen Schollenflächen im Gehölz der Umgebung; gleich darauf heizen die Frauen in der schwarzen Küche den Kessel ein, damit alle im Haus sich herrichten, den Schweiß abwaschen und den Staub und den Toten- und Stallgeruch, sich herausputzen für morgen, da sie dem Alten feierlich den Abschied geben, er geht in die Ewigkeit Psalmen singen, ihn aus dieser kurzen Ewigkeit in jene echte und ohne Ende reine entlassen. Wenn es im Heißwasserkessel zu blubbern beginnt und der Dampf unter den Deckeln hervorpfeift, gießen der Hausherr und die Hausfrau aus dem Kessel siedendes Wasser ins Schaff. Jetzt in den Nachtstunden finden sie erst Zeit, ein jeder sich selbst vorzubereiten, den Tag über war da das Laufen und Rennen von den Verwandten zu den Bekannten, und auch die Zeit war nicht danach: nebenan Trauer und Totenbahre, da plansche du im Schaff und es fehlte nicht viel, daß du irgendwelche Lieder anstimmst vor Wohlbefinden. Es ist im Haus nicht die Zeit für Waschen, Bürsten und Handtücher, nach dem Lärmen der Zuber und Lavoirs, sondern für

Einsturz, Staub und Asche, Beschwerlichkeiten, Mühsal. Doch jetzt ist alles bereitet, alle Hindernisse ausgeräumt, für alles ist gesorgt bis morgen früh, wenn man aufbrechen wird vom Haus und den Leichnam ins Grab legen, damit das Fleisch endlich von den Knochen läßt, das kaum noch das Zeichen erwarten kann, um auszubrechen und keine Weisheit bleibt verkrochen in einem alten Knochen. Eilig hat es der Rumpf, seiner Geburt Knochen zu zerlegen …

Als erste waschen sich die beiden Hausleute, gemeinsam versinken sie im Schaff, rücken sich zurecht, recken die Glieder ins Gefäß, beidbeinig jeder an den Weichteilen des anderen, rubbeln einander mit Lappen ab, daß während des Planschens der Hände Wasser über den Rand des Schaffes patscht, am Ende reiben sie einander mit Handtüchern den Rücken ab. Alle anderen säubern sich einzeln und allein. Jeder verhängt für sich allein, bevor er ins Schaff steigt, noch in Kleidern und Schuhwerk, von neuem und auf seine Art das Fenster und verriegelt die Tür, riegelt sie ab, bis es im Eisen richtig schnappt und richtig knackt im Riegel, verschließt und versperrt sie. Jeder reckt dann die Knie, den Kopf aus dem Wasserspiegel, streckt die Finger, bald diese, bald jene Stummel in die Luft und bohrt mit einem Finger die Ansammlungen verhärteten alten Fetts zwischen den Zehen heraus oder liegt schläfrig ausgestreckt in der hölzernen Umarmung des Schaffes, mit der Erwärmung zieht Faulheit ins Mark, bis das unbequeme Sitzen und das Beugen Krämpfe verursacht, woraufhin er hinkniet und auf den Fersen sitzend weiter im Wasser planscht; jeder neigt sich während des Badens über den Rand des Schaffes und legt unter dem Kessel nach und gießt für den nächsten Wasser dazu. Nach diesen Solidaritätsregeln schlägt jeder, wenn er reingewaschen ist, den Zapfen aus dem Schaff, damit das Seifenwasser in einem Strahl in das Abwasserrohr davonbraust, und schwemmt das Faß aus, wäscht die Seifenränder ab, mit einer Bürste reibt er den Schmutz von den Dauben, dreht das Schaff um und stürzt es, damit es abtropft, und spült den Schaum durch den Abfluß. Die Kiefernreiser geben pfeifend Hitze, und das Feuer beleckt mit Lärm das Kesselblech, reckt sich heraus durch das Türchen und türmt bis unter das Gewölbe Dünste, die hinausrauchen durch eine Spalte unter der Wölbung. Das Feuer prasselt zischend in die Überflutung, die entsteht, wenn die Abwasserrinne das überreiche Wasser nicht zu verschlingen vermag oder der Abfluß im Boden den Strahl nicht aufnehmen kann.

Die Männer säubern sich mit schnellen, kräftigen Zügen, zerreiben den Schmutz und zerbröseln ihn in ihren Pranken; die Frauen sind ein einziges Waschen und Wiederwaschen: immer wieder streifen sie streichelnd mit dem Lappen, mit der Hand über jene Teile des Rumpfes, die schon gewaschen sind. Morgen früh werden sie sich schwarz herausputzen, selbst werden sie sich Locken drehen und den Schopf legen und dieses Herausputzen, die Salben und der Schmuck werden eher der Schönheit denn der Häßlichkeit zum Schaden gereichen. Morgen wird es ein Wetzen und Hetzen geben Ferse über Fuß, Hals über Kopf, doch heute finden und finden sie einfach nicht aus dem Schaff. Heute abend können sie es nicht lassen, aber morgen früh wird es sie erfassen ...

Und am Schluß und Ende haben noch jene, die außer dem Totenwachen selbst dieses Wachen noch nicht hinter sich haben, nichts als das Wachen, weil sie in diesen Dingen auf der Suppe angeschwommen gekommen sind, Bescheid wissen, und weder für das Dunkel der hiesigen Scheunen noch für das Farnkraut und das Unterholz der umliegenden Wälder geschaffen sind, am Schluß und Ende entschlüpfen selbst jene, um nicht vollkommen zu verkümmern und sich nicht völlig von den anderen zu unterscheiden, unter dem Vorwand eines Geschäfts aus dem Totenzimmer, kommen mutwillig unter das Fenster der Rauchküche und pressen das Gesicht an die Scheibe, drücken die Augen durch das Glas in den Dunst, um aus ihm zu ergründen, wie denn die Badenden beschaffen seien, die sich so gründlich einweichen, auswringen und abspülen im Schaff. Und obwohl die närrischen Hockenden aus so einer Brühe keinen Körper herauslöchern können, nicht einmal Umrisse und klare Schatten oder Abdrücke, schielen sie in die Rundungen, in Hocke suchen sie unter ihnen den Bürstenhimmel und forschen der Himmelfahrt nach. Und wenn sie bei nachlassendem Kessel einen Augenblick lang das Glück anlächelt und sie wirklich die Krippe aus dem ausgebrühten, gewölbten Badezimmer anblinkt, wohin sie gern ihre Äpfel zum Abliegen betten wollten, und wenn die Frau nebelhaft mit dem Hintern einige Male hin und her wackelt und ihre Zitzen einweicht und in dieser Molke abschüttelt, haben sie in Wirklichkeit nur soviel gesehen, daß es bis morgen ausreicht für die Gesellschaft oben im Totenzimmer, doch zu wenig ist es, daß von dem Gesehenen ein jeder sich selber überzeugen könnte. Die am Fenster wissen nicht mit Sicherheit, ob sie tatsächlich die Krippe angeblinkt hat im Himmel und ob sie wirklich durch den Nebel die Himmelfahrt aufgespürt haben, denn allzusehr sind die Scheiben von beiden Seiten mit Blumen verstellt, verschlagen, und im Vorhang ist weder Spältchen noch Spalt und im Riegel weder ein gangbarer Weg noch ein Pfädchen, um durch sie solch eine Erscheinung aufzusaugen, wie sie es möchten. So sind die Vernebelten, die hoffen, in den Himmel aufgenommen zu werden, um nichts besser dran als jene, die wegen der Kürze ihrer Beine nicht einmal das Fenster erreichen, und sie, später nach gebrachtem Ständchen, beständige Zweifel ankommen, ob sie überhaupt durch das richtige Fenster gespäht haben und hinter ihm in Wirklichkeit vielleicht nur die Speise-, vielleicht die Räucherkammer gewesen war, wo sie auf Stangen Schweinsschinken haben hängen sehen zu ihrer Beschämung und vor sich Fleischstücke baumeln, die der Bauer am Vortag in den Rauch gehängt hatte.

IV

DER RAPPE KOMMT NICHT MEHR ÜBER DEN STEILHANG

Aus den Häusern strömte man herbei, um sich dem Zug anzuschließen, sobald er ins Tal einböge, strömte ihm entgegen zum Fuß des Steilhangs, wem aber an einem besseren Platz auf dem Friedhof gelegen war, der stellte sich jetzt schon in der Nähe des offenen Grabes auf. In Schwarz traten sie auf ihn zu, der in die Gegenrichtung unterwegs war, vorwitzig versetzten sie dem vom Begräbnis Abgewandten einen Hieb mit einem verächtlichen Blick. Die Entgegenkommenden wandten sich im Vorübergehen zur Scheidestatt, schlürften an ihr in Eile den Scheidetrunk, die Scheidung. Das Haus am Dorfende lag hinter ihm, hinter dem Haus führte die Straße zu den Felsen. Das Felsgestein türmte sich auf vor ihm, und als die Augen diese mächtigen Massen umfaßten, spürte er ihr Gewicht unter seinen Fußballen. Die Felsen hatten sich für ihn in den Jahren nicht verändert, nichts an Reiz, an Mächtigkeit verloren: was die Augen heranbrachten, waren Felsen und wieder Felsen, ungesehene und ungehörte. Wie einst nahmen sie ihn als Bekannten auf, senkten Kühle in seine Eingeweide, nahmen ihm den Atem, bürdeten seinen Schultern eine Last auf, so daß der Weg unter seinen Schritten schwankte. Die Felsen schränkten für den Reisenden die Horizontlinie ein, rafften sie zu einem engen Himmelskreis zusammen, und als er sich zurückwandte und umsah, von wo er gekommen war, um sich den Horizont und den Atem zu bewahren und damit der Reif über ihm die Atmungsorgane nicht zuschnürte, da war unten in der Ebene draußen hinter dem Gefels schon keine Straße mehr hinaus in die Ebene. Die Felsen versperrten den Weg hinter ihm durch die Klamm, zogen eine Mauer darüber kreuz und quer von allen Seiten, und aus der Ferne würde jeder Fußgeher beschwören, daß sich durch diese Felsmassen keine Menschenseele bei lebendigem Leib durchwinden könne, höchstens tot durchschlüpfen, da sei sie geschmeidiger, leicht und dehnbar, und weil sie auch dort, wo die Felsen zudrücken, mit ihrem kleinen Geist ohne Schwierigkeiten durchschlüpfen könne. Nur eine tote Seele, nur die bleichen Schatten der Toten streifen an so einem Ort umher, solche, die von Langeweile gepeinigt werden vor Hinundherflanieren durch die schale, muffige Ewigkeit und es überdrüssig geworden sind, wie Falter um eine Laterne zu flattern, zwischendurch mit den Flügeln zu rauschen, wieder und wieder im Kreis, zu tänzeln und über den Boden zu streifen, denn bald ist alles in der Ewignis durchwandert, durchwatet, allzufrüh von allzunah abgeflogen, durchgesehen, alles zu schnell abgeschwärmt, da, wo selbst die schwindelerregende Geschwindigkeit, mit welcher sie sich durch die jenseitige Straßenlosigkeit bewegen, mit der Zeit ihren Reiz einbüßt. Sind es Vögel oder Seelen, eine Schar Vögel oder toter Seelen, die aus den Niederungen bergan flattern in den offenen

Reif über dem festgeschmiedeten Reisenden und durch die unwegsamen Fugen und Spalten pfeifen, vorbei an Kaminen und Engpässen? Ist die des Vaters unter ihnen oder wird sie bis zum letzten Abschnitt warten müssen, bis zum Begräbnis, wo sie in Übereinstimmung mit den Regeln ins Modern entlassen wird? Jetzt tobt die Gefangene noch ungestüm im Rumpf, sucht ungeduldig einen Ausweg und findet ihn nicht, die Verankerung der Seele im Körper hält noch – duldet die Seele noch den Leib und der Leib die Seele? Doch in Übereinstimmung mit den Regeln wird sie sich losreißen, unverzüglich aus dem Korb herausfahren ins Ihrige und über ewige Wiesen und Weiden hinstürmen: das Begräbnis ist gerade im Beginnen, jetzt wird es für beide Wirklichkeit, das Pferd ist der Anstrengung des Ziehens kaum gewachsen. Der Fuhrmann schlägt das Pferd nicht mehr mit den Zügeln, der Zug ist schon bei der Kirche, die Kinder gehen voran, vor den Kindern geht zuvorderst der Schädel, eine auf eine Stange aufgepflanzte disziplinierende Schädelhälfte, mit schwarzen Bändern und Maschen geschmückt, in Maschen die ganze Begräbnisgesellschaft, die geballte Trauer um den Sarg, die unverzüglich in die dunklen Gewänder eingewirkt und den schlurfenden, schleppenden Schritten unterlegt wird, ein Übermaß an Trauer, das sich auf ihren Gesichtern zerdehnt, hinter ihnen etliche davon unberührt, die Köpfe zusammensteckend in Unterhaltungen, die Männer in den ihren und in den ihren die Frauen, oder solche gedankenverloren in Verlegenheit, hinten zuallerletzt die, die nichts tun als zählen und das Begräbnis mächtig machen ...

Das Gefels rückte erst auseinander und tat sich auf, als er sich dem Berg auf Wurfweite genähert hatte, und um festzustellen, ob es das richtige sei, senkte er seine Stimme in die Wände hinab: die Felsen zerbröselten sie nicht, die Felsen nahmen sie zur Gänze in sich auf. Er erblickte die Spalte vor sich in den Massen, in Griffweite, ließ seine Stimme durch sie kollern, und sie verschwand hinter einer Ecke und kehrte nicht mehr zurück. Die Felsen nahmen sich ihren Anteil von der Stimme, erkannten sie als die ihre, die Felsen gaben sie weich weiter von Wand zu Wand, immer höher, bis sie oben an den Reifrändern unhörbar aus dem Kessel verdunstete. Vor ihm senkten sich Fahrgleise in den harten Felsengrund und eine Brücke, unter seinen Füßen fand er einen gangbaren Weg festgepreßt.

Ein Wildbach tost hier durch, schäumt hoch bis zu den Brückenruten, überall hinterläßt er seinen Schweiß auf seiner ungeebneten sprunghaften Reise von den Bergen in die Niederungen. Das Wasser hat Stufen in den Fels geleckt, das Wasser leckt sie immer noch, schleift die Felsen, stürzt Steine um, ist am Meißeln, ist dabei, sein Bett zu vollenden, und schafft es nicht, sein Bett fertigzubeißen. In schäumendem Wasser wäßrig der Wassermann nistet. Wie er heute sein Leben fristet? In frühen Jahren war er dem Knaben an diesem Ort erschienen, als er da vorüberging versunken und dem Tosen des Wassers ergeben: am gegenüberliegenden Ufer an einer Untiefe sah er unbeweglich einen Mann stehen, nackt, zottig, so einen aus dem Wasser, seinem Vater ähnlich, nur ohne diese weißen Flecken auf der bewachsenen Haut über den Knien, abgewetzt vom Aufstützen der Ellbogen. Feist stand er im Freien, die Arme in Bogenform, und den Knaben trug es ganz von alleine von der Strecke zum Ufer, und hätte die Sonne nicht damals die Schattengrenzen schräg hoch oben über das Gefels gezogen, hätte er seine Augen nicht mehr von den Augen des Wassermannes abgewandt. Der von der Sonne durch eine Grenze in zwei Massen gespaltete Felsen hinter dem Steilhang des Rauhhaarigen lenkte den Knaben für einen Augenblick ab und rettete ihn, so daß er sich der Zuschnürung des Netzes entriß, und als er die Augen wieder niedersenkte von der Grenzscheide in den Felsmassen zum Ort der Erscheinung, war das Wasserwesen nirgends mehr zu sehen, nur auf der Oberfläche der Untiefe blubberten Wasserblasen in Kreisringen. Ein Stück Weges höher klaffte eine Öffnung, aus der immerfort Kühle blies. Dorthin geht der Wassermann all jene holen, die ihm sonst entkommen und denen es widerstrebt, durch die Untiefe im Bach einzutreten: recken sie den Kopf in die Öffnung, nicht wissend, daß es ein geheimer Eingang ist, schnappt sie der Schuppige und taucht unter mit ihnen in seine ins Dunkel der Erde gehüllte Höhle. Gar bald erreichen sie trockenen Fußes den Grundwasserspiegel, tauchen ein in das unterirdische Strömen und ergeben sich den Wasseradern, die sie durch Stollen anschwemmen vor jenen kahlen, doch gleißenden Wasserprachtbau des schuppigen Rauhhaars; daß sie nur dem Schlimmsten entronnen sind: dem Untergehen in der Untiefe. In die Untiefe war damals der Wassermann getaucht, dem der Knabe knapp entkam, weil er die Augen einen Moment vorher abwandte, dort aber, wo er eingetaucht war, entstanden Kreisringe. Der Zurückgekehrte, jetzt ein erwachsener Mann, stand lange vor dieser Untiefe, wo die Wasserblasen seinerzeit Spuren hinterlassen hatten, er steckte auch seinen Kopf in die Felsöffnung und noch immer toste ein eisiger Sturmwind aus dem luftigen Loch.

Vor dem Einlaß in die Felsen stand eine Hütte, die letzte Niederlassung unten im Tal, wo Fuhrleute und Pferde beim Glosen an der Feuerstätte einst Nächte verbrachten, wenn zuviel Schnee gefallen war, und erst anderntags in größerer Sicherheit in die Berge aufbrachen, vor dieser Hütte war eine Weiche eingerichtet und ein Platz zum Einstellen und Ausbessern der Schlitten. Die Hütte kann sich an einen Fichtenstamm gestützt gerade noch halten, die Ausbesserungsstätte ist im Dickicht zu sehen. Hinter den Felsen mündet der Ort in eine längliche Ebene: da ist Platz für einen etwas breiteren Weg und eine Wegscheide, das einzige Zeugnis der Keuschler aus ferner Vergangenheit und der Tagelöhner in dieser steilen Gegend, die um des Brotes willen etliche Male Nadelstreu gegen Feuerzeuge eintauschten und Schneidewerkzeuge gegen Kleingeld, und heute ist nichts mehr von ihnen geblieben als eine Wegscheide:

der Spaziergänger schlägt den anfangs vielversprechenden Weg ein, der jedoch nur kurze Zeit gangbar bleibt; der Weg beginnt den Beinen auszuweichen, ehe er in Gebüsch, Schutt oder einer Halde, in der Wildnis vollends verschwindet, und noch bevor der Weg aufhört, kehrt jeder lieber um, und so trägt noch ein Fremder, indem er den Weg nicht bis zum letzten Stück zurücklegt, das Seine dazu bei, daß er verödet und die Wildnis immer mehr Weg mit Beschlag belegt und stetig und immer schneller der Wegscheide entgegenkriecht, wo heute der Reisende steht; die Wildnis hat er vor Augen, und setzt überhaupt keinen Schritt mehr in ihre Richtung, die nur noch angedeutet ist und, soweit das Auge reicht, überwuchert wird von Wildwuchs. Platz ist da für Hegeholz und an den Seiten noch für seine Lagerung. An den Abhängen dieser Ebene sind keine Felsen, die hat der Reisende im Rücken, an den Abhängen breiten sich Waldungen aus, bäumen sich auf in die Jähen. Das Felsengeklippe hat sich in den Wald verloren, jene kahlen Felszacken verdecken die Bäume, auch der Bach tost nicht mehr, reißt nicht, tief in der Erlenwaldung schnurrt er leise vor sich hin. Die zerklüfteten, aufragenden Massen versperren dem Reisenden hinten die Welt, vor sich eröffnen sie nichts Neues: hinter der Ebene beginnen die Steilwege in die Berge.

Von den Steilhängen verfluchten die Fuhrleute den unteren Hang mit dem Teufel: eine schlimm zugerichtete Steilwand erhebt sich aufragend, in abschüssigen Boden gemeißelt sucht sie Unterstützung in jäh abfallenden Felsen. Der Weg senkt sich steil herab, über dem Steilhang klammern sich einige Bäume an die Lehne, unter ihm kann in der Steilwand nicht einmal ein Strauch Wurzeln schlagen. Die Pferde nehmen den Steilhang leer in Angriff, schnauben, rasten, nehmen Anlauf, die Hufeisen raffen den Steilhang unter sich. Vom Fell dampft es, aus den Nüstern tropft es. Den Aufstieg lassen die Pferde gern über sich ergehen, vor dem Abstieg in die Tiefe fürchten sie sich: eingespannt vor die Ladung, die antreibt und ruckweise nachschiebt, angebunden, an die Schlitten geschmiedet, können sie gerade noch ihre Fersen vor den Stämmen, die ihnen hinter den Hufeisen auf den Fersen sind, in Sicherheit bringen, mit einem Rutschen und Donnern in den Ohren laufen sie, fliehen sie, um sich die gewaltigen Klötze vom Leib zu halten. Um alles in der Welt hütet jeder Holzer sich vor den Steilstücken, doch die Pferde haben keine andere Wahl als den Steilhang. Die Fuhrleute bremsen zwar mit Ketten, doch die Stämme liegen auf der Lauer, und geschwind und gern schnellt ein Sägebaum aus der Reihe vor und fährt dem Pferd als Prügel unter die Beine und überhebt das Hinterteil des Wagens, bricht dem Pferd Haxen und Flanken, zermalmt seine Knochen und drängt das Tier an die Wand und drückt es an den Felsen. Der Fuhrmann klebt sicher im Steilhang, und nur daß er rechtzeitig die Zügel locker läßt und, wenn Zeit bleibt, den Sappel aus dem Stamm reißt, rettet ihn vor der Vernichtung, über den Steilhang kommt er mit unversehrtem Arsch davon. Ihm geht es nicht um die Haut hinten in der Ferne, das Stammholz sitzt ihm nicht im Nacken, und der schlüpfrige Steilhang drückt nicht unter seinen Nägeln, das Pferd aber spürt den ganzen Weg das todesträchtige Donnern der Baumstämme in den rutschigen Hinterbeinen. Das Pferd rutscht aus, weil sich Schnee an seine Hufe klumpt und es barhuf ist, noch in ebenen Stücken gleitet es aus, auf den vereisten Steilhängen kann es sich nur im Trab und mit Glück vor den Stämmen in Sicherheit bringen, vorne trägt es seine Haut für ihn zu Markte. Wer sich überschlagend dahinstürzt, ist versorgt für die ihm verbliebene Zeit, wenn er sich überhaupt noch aufrafft. In den Niederungen zu fuhrwerken ist keine Kunst, doch die Berge haben den Teufel in sich, und seien auch Fuhrmann und Pferd so gewandt, daß mehr nicht möglich ist. Auf sein Pferd kann der Fuhrmann sich verlassen, das Pferd auf seinen Fuhrmann nicht: der Fuhrmann schlägt sich unten bei der Hütte in Kotzen ein, legt die Lappen seiner Pelzmütze über seine Ohren, besteigt seinen Schlitten und überläßt den Weg bergan dem Pferd. Unten am Fuß des Steilhangs bleibt das Pferd von allein stehen, damit der ausgeruhte Fuhrmann vom Eingespann steigen und sich die Krampeisen für die Jähe aufbinden kann.

Hier über der Einschleifung, im oberen Teil des Steilhanges, schlitterten einst Stämme aus dem steilen Weg über die Rutsche senkrecht in die Tiefe: die mächtigen Sägebäume zogen das Pferd hinter sich her vom Weg ... Der Vater blickte, auf die Knie gestützt, starr in den Abgrund, wohin das Eingespann sich überschlagend unter Wiehern und Brechgeräusch abstürzte; die Stämme vermischten sich mit dem Pferd, das Roß mischte sich unter das Holz, und es gab nichts mehr aufzulesen unten in der Kluft. Des Vaters Pferd war nicht das einzige, von den anderen erinnert sich jeder an seine Eingespanne, die ihnen dieser Steilhang zerquetscht hat, und jeder an die Winter, die sich auf ihm austobten, für immer bleibt jedem das Lärmen in den Ohren, als die Pferde röchelten vor Anstrengung. Jetzt hat der Steilhang schon geraume Zeit weder Pferd noch Holz gesehen, weder Wiehern noch Brechgeräusch in der Kluft gehört; Wasserfurchen und Brückenbalken sind verschüttet, vertragen, fetter Erdboden kriecht unter den Felsen hervor, nimmt Land, bahnt sich seinen Weg, drängt den Pfad an den Rand der Kluftwand, üppige großblättrige Krautwildnis auch auf dem Steilhang. Die Spuren einstiger Verwüstung sind überdeckt von Laub und Nadelstreu, die angeschlagenen Bäume an den Säumen haben sich erholt, sind vernarbt, die Schlagspuren sind verheilt …

Nachdem die Männer ihre Arbeit erledigt, den Steilhang bezähmt, den Schlittenbaum leer hinter sich gelassen hatten, erprobten ihn die Kinder: auf Schlitten überführten sie aus dem Dorf Sägespäne, zwecks besserer Düngung und damit man noch über das Winterende hinaus etwas als Streu für den Stall hätte. Spät kam das Tauwetter, der Schlittenbaum hielt sich bis ins Frühjahr hinein, und die Knaben schlugen auf ihm noch etliche Säcke um, ehe das letzte Eis taute. Sommers gaben die Steilhänge etwas nach, die Fuhrleute tauschten die Schlitten gegen Zweiradkarren, die beschlagenen Räder wühlen den Weg neuerlich auf, lockern das Gestein und vertiefen die Spurrinnen. Einen Gebirgler bringt so ein Steilhang nicht ins Wanken: ein Gebirgler nimmt die Jähe aus dem Winter heraus und gibt sie in den Sommer hinein.

In jenem Frühling hatte man den Steilhang gegenüber kahl geschlagen. Als die Stämme aus dem frisch ausgestockten Wald heraus zum Weg geschleift wurden, sengte man das Gereut aus, um den Waldabhang zu säubern und das Dickicht zu vernichten. Der Holzschlag war natürlich umfriedet von Felsen und Schotterriesen, so daß das Feuer mit Leichtigkeit in Grenzen zu halten war. Weil sie nicht unzugänglich steil und steinig war und überdies in der Sonnleite lag, säte der Vater auf den Flecken der Waldblöße Getreide aus. Damit ersparte er sich das Pflügen, Eggen und Düngen, denn das Feuer hatte diese kräftige, ausgeruhte Erde nicht ausgedörrt und zertrampelt, sondern gedüngt und gelockert, ausgespült und ausgestockt, und jedes Korn, das in dieses Neuland fiel, schlug Wurzeln. Der Vater, nun ohne Pferd, ersparte sich das Ausleihen, denn er konnte das Saatgut auf seinen Schultern zum Säplatz tragen, außerdem hätte ein Pferd diesen unwirtlichen Ort ohnehin nicht begangen. Er wartete das richtige Wetter ab und bestreute kurz vor dem Regen das Gereut mit Getreidesamen. Auf dem Sengplatz grünte es schon nach Ablauf einiger Tage, fröhliche Grünflächen im Gefels, vom Steilhang aus gut sichtbar, drangen durch das Brandige, breiteten sich aus, verdichteten sich zusehends, verbargen die Steine in sich und überzogen die letzten geschwärzten Flächen mit Grünem. Und sehr bald ging die Saat in allen Flecken zu gleicher Zeit auf.

Vor der Ernte zog der Vater vom oberen Ende des Steilhangs einen Draht über die Tiefe in den Holzschlag. Die Aussaat wurde abgeerntet, die Garben auf einen Haufen zusammengetragen, hinter den Baumstümpfen aufgeschlichtet, und da begann jenes schicksalhafte Einbringen der Ernte über die Tiefe zuerst zum Fuhrweg am oberen Ende des Steilhangs und weiter zum oberen Bauern, der es ausdreschen und zu Mehl zermahlen sollte. Beim Bauern, der selbst kernig und knorrig war wie die Buchenstämme, hatten sie schon so manches gekostet, doch so einen erfinderischen Starrsinn, so ein qualvoll freudiges Sichaufbäumen hatten sie noch nicht gesehen. Aber der Vater ließ nicht an sich heran und entschied, wie es sein sollte, und aus war die Messe. Die ganze Familie war auf den Beinen, jeder an seiner Stelle, kaum daß sie in diesen Tagen auf einer Körperseite ausschlafen konnte. Die Kinder steckten Eisenhaken hinter die Garbengürtel, hängten sie auf den Draht und schickten sie auf den Weg durch die Luft über die Klamm zum oberen Ende des Steilhangs, wo sie der Vater vom Draht fing und am Weg aufschlichtete. Das ausgetrocknete, warme Stroh knisterte unter ihren Händen. Die Kinder banden die Garben, wenn sich die

Gürtel lösten, trugen in Flechtkörben die Haken, weil ihre Zahl beschränkt war, vom Steilhang zurück in den Holzschlag, damit der Transport ohne Verzögerung vonstatten ging.

Anfangs verlief die Beförderung glücklich: die Kinder hängten auf, gaben der Garbe Schwung, stießen sie ab, gafften den Reisenden aus Stroh nach, die wie Nachtgespenster durch die Luft aus dem frisch ausgestockten Wald davonglitschten, mit kindlicher Begeisterung preßten sie ihre Ohren an den Draht und schüttelten die kitzelige Gleitmusik aus den Ohrmuscheln. Geraume Zeit lang kamen die Garben wunschgemäß am anderen Ende des Saumes an, über den gespannten Draht wurden sie von den Haken gut geleitet und geschwind hintereinander schnellten sie über die Niederung, gewannen an Geschwindigkeit und schlugen am Ziel in die Stützstreben ein, falls sie der Vater nicht vorher zum Stehen brachte. Die Widrigkeiten begannen, als die ersten Garben unterwegs aufgingen, sich in der Luft zerstreuten und das Getreidestroh in der Tiefe zerstob. Der Vater nahm den ersten leeren Haken vom Draht. Einige Garben kamen zerzaust und halbiert, ausgeschüttelt ans Ziel, die Schlünde schlüpfen durch die Gürtel, und auf manchen Haken hing nur noch die bloße Schleife. Die schwereren Garben schoben die leeren gerade eben noch bis zum Steilhang. Dann blieb das erste Garbenbündel über der Schlucht stecken, es verkeilte sich, blieb in der Luft hängen, das Gewicht der Garben verbog den Draht, knickte ihn, nahm ihm die

Neigung und Spannung, und noch ehe sich die Auflader oben auf der Getreidewaldlichtung versahen, daß sich über ihnen mehr Darben als Garben auf dem gefährlich bogenförmig in die Tiefe hängenden Draht ansammelte, noch ehe sie des Vaters Wüten vom Steilhang begriffen und aufhörten aufzuladen und den Draht mit neuen Garbenbündeln zu belasten, verlor die Masse allen Schwung und blieb stehen, vermochte auch den Weg bergwärts nicht, rutschte rittlings hinunter zum niedrigsten Punkt des Drahtes tief unten im Graben drunten über dem Bach sehr flach.

Nun hingen die Garben bäuchig in der Drahtleitung, eng aneinander gepreßt, später bewegten sie sich nirgendwohin mehr. Keine Garbe klingelte mehr an am oberen Steilhangende, die Geräusche verstummten im Zorneswüten, die Bewegungen erstarrten für einen Moment, um dann in Lärmen auszubrechen. Doch kein Fluchen und kein Toben, kein Schreien bewegte mehr die Beeren auf diesem verlorenen Seil. Die Drahtseilbahn wuchs mit den Garben in die Kluft, ergab sich der Schlucht, die Keile in der Befestigung ächzten, die Schrauben, die Nägel gaben nach. Früher waren die Garben nacheinander ohne Störung geglitten, ehe das Fratzenvolk den Draht überbelastet hatte, Krucenal Madonna Krištuš, daß sie der Teufel holte, wo sie immer irgendein Höllending anrichten! Wäre jetzt eines in Reichweite der Hände, würden sie mit ihnen ein Getöse anrichten! Die haben es getan, der Vater muß es büßen, doch am Abend wird er eine andere Seite zu Tage kehren, und wenn sie vollständig zu Tage gekehrt sein wird, wird es Nacht werden für sie, am Abend, nachts werden sie das Ihre empfangen, ein jeder auf seinen Arsch. Was an Früchten nicht vernichtet wird, fällt der Verspätung zum Opfer: es braucht nur das Wetter schlecht zu werden, ein Unwetter mit Blitzen und Donnern aufzutreten, oder der Südwind beginnt kräftiger zu wehen, der kühle Nord, oder daß ein anhaltender Regenwind sich ansammelt und daraus ein Wetter wird, und der ganze Ertrag wird zum Teufel gehen. Bei allen Heiligen verflucht er sie, doch auch alle Heiligen und Teufel zusammen können die Sache nicht wieder in Gang setzen. Oben im ausgestockten Wald haben sich die kleinen Helfer, ohne Lösung und ohne Hilfe, niedergehockt, erstarrt angesichts des furchtbaren Verderbens, jetzt erst kannten sie sich aus, des Vaters Geknurre hielt sie in vernünftiger Entfernung. Der Vater wütete, trat dort des langen und breiten auf der Stelle und trieb die ganze Sache auf des Messers Spitze, malmte laut lärmende, harte Gedanken, mit dem Belzebub trieb er die Teufel in den Kindern zuhauf. Doch die Kinder krochen weder auf seine Befehle hin noch nach Drohungen aus dem ausgestockten Wald, gaben dem wilden Zorn keine Antwort, sie warteten ab, bis der Vater ausgepoltert haben würde, der Sicherheit wegen krochen sie noch etwas höher in den Holzschlag. Dort werden sie warten, bis der Vater mit Worten zuende gepoltert und sich mit hin und her fahrenden Händen ausgetobt, das Ärgste abgelassen hat. Was sie erwartet, reicht aus, um schlimm zu sein.

Schließlich und endlich blieb nichts anderes übrig, als daß der Vater den Draht abschlug, so daß er aus der Verkeilung schnellte samt seiner Last vom Gipfel der Erhebung in die Tiefe, wo der Bach über die Felsen brandete. Von neuem stürzte es in den Abhang: die Tiefe, die vorher Stämme, Pferde, ganze Gespanne aufgerieben hatte, nahm nun, in der Not mit Minderem zufrieden, die Garben auf. Der Vater opferte das Brot der Kluft, überließ die verbliebene Ernte den Vögeln auf der Kahlfläche und dem Wild. Die Halmstoppeln hingen in den Zweigen, in den Steilwänden, bis die Winde sie auflasen und der Bach sie ins Tal schwemmte.

Was an Getreide zum oberen Ende des Steilhanges geschafft worden war, lud der Vater auf: den ganzen Jahresertrag auf einen einzigen wackligen Karren, und selbst der war beinahe leer. Das ganze Jahr über hatten sie diese sprießenden Verheißungen auf dem Plateau gehegt, waren das Wild von den besäten Flecken vertreiben gegangen, für alle Verrichtungen in dieser Wildnis gab es zu wenig Tage, und sie liehen sich noch die Nächte und Morgenröten aus, bevor auch diese in die Trübungen der Tage überzugehen begannen. Ungezählte Male hatte der Vater seinen Bergacker abgeschritten und die Ähren in seinen Händen gerieben, in seine harzigen Finger das Dickerwerden und Reifen des Korns eingetragen. Nun ist die Hälfte draußen geblieben, fern auf einer Waldlichtung, von der anderen, aufgelesenen, die eine Hälfte wird in den Baumgabeln vermodern, die Hälfte des Korns ist aus den Ähren gefallen während des Transports über Draht und felsigen Weg. Das Pferd hatte nichts zu ziehen gehabt, und als es zum Bauern hingehuft kam zur Dreschstatt, hatten die Drescher, kaum hatten sie begonnen, ihre Arbeit schon verrichtet gehabt, das Getreide ausgedroschen, die Spreu getrennt vom Weizen. Die Anstrengungen aller Hausleute das Jahr über von Hügelfuß bis Hügelfuß für zwei Maß Getreide! Und winters stundenweit um Sägespäne und der mit den letzten Kinderkräften zum oberen Ende des Steilhangs gezogene Schlitten mit einem einzigen Sack: alles zusammen fünf Kühe für einen einzigen Groschen! Den Dreschertrag trugen sie abends auf den Schultern mit nachhause.

Das Gebälk, das gezimmerte Gerüst am oberen Ende des Steilhanges, das einst den Draht gehalten hatte, hat in der Zwischenzeit ausgedient und ist vermodert, doch die Stelle ist noch zu sehen. Im gegenüberliegenden Hang, der ehemaligen Getreidelehne, prangt heute Fichtenjungholz. Der Steilhang steht noch, die Jähe wacht noch, der Bach unten tost nach wie vor, der Weg oben am oberen Ende sucht nach geradem Schritt: die Jähe tut der Ebene wehe und die Ebene tut der Jähe gut. Auf dieser winzigen Ebene, auf diesem friedlichen Flekken, wo Steilhang in Steilhang umkippt, rastet der Reisende spontan und ruht sich aus: der von oben Kommende sammelt sich hier für den Talweg, hier verspürt er unter seinen Füßen Ruhe, Trost und Entkrampfung, für kurze Zeit spannt er aus und legt ab, schnallt die Beine vom Leib, legt sie zurecht für ihren eigenen Flug, auf daß es rolle in ihnen und sie vor ihm herlaufen, bis sie sich sattgelaufen haben. Doch dieses ruhige Wegstück zwischendrin ist nur die Ruhe vor dem Sturm, dieses Flachstück ist der Ort der Vorbereitung für den schlimmen Teil des Wegs, dieses kleine Plateau ist die Zeit des Mutsammelns für die Zeit des Steilhangs, diese Verweilebene ist nur die letzte Ruhestatt vor dem Steilhangunwetter. Wer von unten in den Steilhang aufbricht, der eratmet sich auf dem Gipfel in die Ebene, reckt für kurze Zeit den unter dem Gewicht der Erhebung gekrümmten Rücken gerade, spannt aus und legt ab, er wird weich, alles läßt er von sich ab und aus sich heraus, schnallt die Beine vom Leib, auf daß es rolle in ihnen und sie vor ihm herlaufen, ehe sie am Fuß des nächsten Steilhanges selbst ihren Schritt finden.

Rar sind Reisende in diesen Berglehnen, denn hier ist kein Ort mehr, an dem man seinen Geschäften nachgehen könnte, hier kann man nichts mehr holen, nichts anfangen, nichts sehen, wahrnehmen außer den Felsen, den Wäldern und dem Himmel über sich. Es sind keine Leute mehr in dieser Gegend, hunderterlei Not hat sie ins Tal vertrieben, doch die Täler haben sie abgewiesen, zersprengt, die Auslande haben sie aufgeweicht und aufgerieben, ihre Häuser der Zertrümmerung überlassen. Nur wer hier zur Welt gekommen und an der Mutterbrust gehangen, dann in die Welt gegangen, verirrt sich in dieses Verwachsen und Zerfallen, ahnt sich durch die Steilhänge seinen Weg …

Zuvor waren die Holzerkeuschen verzettelt auf den

Bergen gelegen, durch ein Netz von Pfaden und Erkennungszeichen miteinander verbunden, einen halben Tagweg voneinander entfernt. Der Knabe hatte seinem Vater in diese Keuschen sein Essen getragen und sein Werkzeug. Die Holzarbeiter kehrten an den Abenden von ihrer Arbeit hierher zurück, an einer Esse mitten im Raum unterhielten sie ein Feuer, garten und wärmten auf, heilten ihre Frostwunden und trockneten ihre Fetzen, ihre Schuhlappen, betteten sich auf Pritschen. Der Dampf, der im Winter mit dem Rauch aus den Luken rollte, verglaste draußen, und wenn man mit einer Hand auf diese Luftscheiben einschlug, zersprangen sie klirrend. Nur an den Sonntagen kehrten sie nachhause zurück, nur an einem Tag der Woche aßen sie an einem Tisch, schliefen sie in Betten mit ihren Frauen, klopften ihre Nachkommenschaft weich, rückten ihr zuleibe, bändigten sie: die Kinder richteten sie sich mit einer Hand zwischen den Knien ein, in die andere nahmen sie das Züchtigungswerkzeug und bestrichen den In-die-Zange-Genommenen mit Haselfett. Bei vielköpfigen Familien dauerte dieses Ausgießen von Haselöl geraume Zeit, bis die ganze die Woche über verabsäumte Erziehung unter Dach und Fach gebracht war. Nur die leicht zu Bändigenden konnten sich die Zeit des Weichklopfens des Rücken-, Schenkel- und Sitzleders ein wenig verkürzen. Solche Erzieher- und Holzeranstrengungen preßten selbst sonntags die Kräfte aus den erschöpften Hausvätern, diese nichtswürdigen Brotesser saugten den abgearbeiteten Erwerbern noch in deren Freizeit das Mark aus. Selbst sonntags konnten sie sich nicht von der Arbeit und der Hausvaterschaft ausruhen. Die Woche über verfluchten sie die Stämme mit dem Teufel, an den Feiertagen wurden die Kinder mit Gerten abgerieben: denn die ganze Woche über hatten sich Übeltaten angesammelt, die ganze Woche trugen Mütter, Großmütter alle Kinderfeigen, Nichtigkeiten zuhauf, so daß sie gesammelt und gesondert an ihrem Ort warteten und alles bereit war für den einen einzigen Tag, an dem der Vater zurückkehrte aus dem Wald, die Kinder in Angst und Schrecken versetzte und wenigstens ein bißchen Sonntag für ihn überblieb. Für das Sammeln die Woche über, das Zusammentragen und das Ordnen der Versündigungen hatten sie zuhause zu sorgen, damit er selbst nicht säume und sie versäume und erst die Daten zusammentragen müsse. Die Leiber beleckt und auf ihnen spielt ihre eigentümliche Weise die Gerte, damit die Kinder sich die Kreuze merken und was man sie lehrte. Für diesen Zahltag lag alles sorgsam ausgelesen und dem Gewicht nach aufgereiht vor ihm auf dem Präsentierteller, so mußte er nicht einmal mit der Tür schlagen, denn die Übeltäter traten der Reihe nach ein jeder mit seinem Präsentierteller in der Hand vor seinen pechigen Richter und Heimzahler, und der Strafer konnte sogleich die richtige Dornrute zücken, zu ersehen aus den übersichtlich auf dem Präsentierteller aufgelegten Versündigungen, seine Erziehung in gebündeltem Beginnen zielgerichtet in die Tat umsetzen, die Kinderschar nach Holzhackerart durchprügeln; er legte es ihnen mit dem Knotenstock auf, strich sie mit dem Stecken, daß sie pißten, drosch sie durch für ein, zwei Wochen im nachhinein und für ein, zwei Wochen im voraus, damit der festgeflochtene Erziehungsfaden nicht abriß und das Erziehen besser zusammenhielt. Ja, seinem Vater ging die Erziehung schneller von der Hand und von den Füßen als den anderen.

Endlich hat unter dem Gebüsch der blanke Boden aufgeblinkt, jeden Augenblick wird sich die Stirnseite seiner Heimstätte zeigen. Er ist über morsche Stangen gestiegen, vom Weg auf den Pfad zum Haus hin abgebogen. Durchgang gibt es keinen mehr im Zaun, auch Zaun gibt es keinen mehr rund um die Wiesenfechsung, weder Triftweg noch Gatter, kein Brett ist da über den Bach. Da erscheint weder die Vorderfront noch die Rückwand eines Gebäudes, eine Schutthalde erscheint, die von allen Seiten von Unkraut, Flechtwerk, Wuchergras und Dickicht eingefaßt ist, die Kuppe der bewachsenen Schutthalde erscheint, ein schoberförmiges Konglomerat von Sand, Stein und Moderzeug. Der Wald drängt von allen Seiten heran, stößt sich von den Felsen ab, drückt das Gebüsch vor sich in den Weg hinein, in die grünbestandenen Plätze in dieser unwirtlichen Gegend, läßt den vormaligen Kartoffelacker schrumpfen und macht sich über den Garten her. Man leistet ihm keinen Widerstand mehr, keine Menschenseele ist da, die ihn zurückverwiese in seine Grenzen: die Wildnis greift auf den Ort über, der eben erst vor kurzem von Unbrauchbarem gereinigt, urbar gemacht worden war. Nur eine kurze Zeit hatten sie dort geschuftet und der Natur rückerstattet, was sie von ihr nur geliehen hatten. Die Wiese ist vor ihnen verwildert, die Gebäude sind ihnen zunichte geworden: vom Haus blieb nur ein Steinhaufen, der Stall steht nicht mehr, das Bienenhaus nur noch am Rand der Ruine, darin Bienenstöcke und noch etwas Plunder. Der verkrüppelte Holzapfelbaum hinter dem Schutthaufen schimmert kaum noch, die unter Steinen eingeklemmten Wurzeln saugen noch mit aller Kraft Saft aus der Erde. Hier vorbei führte ein Pfad von der Hintertür des Hauses bis zum Wassertrog.

Der Reisende erblickt die Tür, die Fenster über dem Schutt, die Bank vor dem Haus, den Anger, seine Hand steckt er dem Dach beinahe in die Traufe, das Haus betritt er, unter der Traufe hervor, seinen Fuß läßt er die Schwelle streifen: hier war das Vorhaus, die Stube, da die Küche, die Leiter auf den Dachboden, dort hatten sie geschlafen. Über Steingeröll, Trümmerstücke geht er, unter Schuttkraut sucht er nach bekannten Steinen, Ecken, Winkeln, der knirschende Gebirgsschotter unter seinen Schuhen knistert, inmitten der Einzimmerruine knackst unter seinen Sohlen ein Stück Reibeisen. Er liest es auf, klopft und wischt es ab, mit dem Reibeisen in der Hand sperrt er die Tür auf in die Schotterstatt inmitten des Verwachsenen, mitten unter Mauerreste und Trümmer tritt er ein: der Regen pladdert auf das Dach, die sengende Sonnenglut heizt es auf, der Schnee drückt es nieder, so daß das Dachwerk ächzt, eine Schneelawine verschüttet Eingang und Fenster, Hagel trommelt auf die Schindeln ein, der Hund beleckt Vaters Zehe, bettet sich auf seinen Rist und schläft dort ein. Der Dachboden erfüllt sich für ihn bald mit Sommer-, bald mit Winterplunder, nur die Truhen sind Jahr und Tag gefüllt mit demselben. Er drückt ein Auge zu, als er aus einer Schale einen Schlurf Speise nippt, öffnet es als Bewirteter und unter einem Dach, das es nicht gibt, nichts ist da als ein Schutthaufen. Durch die verschütteten Öffnungen huscht ein Schatten, aus den Höhlungen reißt er sich los und fließt zähflüssig zurück in die Höhlungen: für ihn bewegt sich eine Frau im Morschholz ...

Die Hände hatte sie voll mit Teig gehabt, als sie kamen, um sie zu holen. Sie waren ganz einfach ins Haus geplatzt, hatten alle Winkel durchsucht, alle Einrichtungsgegenstände durcheinandergeworfen. Die Kinder wohnten dem Kneten bei rund um die Knetwanne, erfüllt von der Verheißung, bald etwas in den Mund zu stecken zu haben, die Fingerchen am Trogrand und auf den Fingerchen die Köpfchen, verwundert, über der platzenden grauen Masse im Teigtrog. Nun drehten sie in unklaren Ahnungen ihre Köpfe nach dem Durcheinanderwerfen der bösen Ankömmlinge. Schon vorvorgestern waren die Nahrungsmittel im Haus ausgegangen, doch die Mutter hatte nicht die Zeit gefunden: die Arbeit hatte sich allzusehr aufgetürmt, hatte das Tagelöhnen weit in den Abend hinausgezögert. Die Tagelöhnerin hatte einen Laib mitgebracht von ihrem Tagwerk, heute hatte sie selbst einen Teig angerührt. Da waren sie sie holen gekommen: ein paar trieben sie von hier fort, ein paar umkreisten auf mehrere Arten das Haus, ein paar schlossen den Hof ein, ein paar hielten so gut es nur ging von fern Wache. Lange nahm die Mutter die Arme nicht aus der Knetwanne, sie versenkte sie im Teig, zur Gänze neigte sie sich in die Knetwanne, selbst die Fingerchen vom Rand zog sie zu sich in den Teig, verknetete sie und mischte, vermischte und knetete sie, als könnte sie durch das Vermischen die Männer verwirren, vertreiben, als könnten die teigigen Hände das Unheil abwenden. Doch die Männer ließen sich nicht erweichen, sie ließen nicht zu, daß der Laib in den Ofen geschoben würde.

Die Mutter nahm die Arme aus dem Backteig, und als sie sie an der Knetwanne abstreifte und den Teig von den Fingern las, hielt das Haus noch zusammen, stand es noch auf vier Ecken. Für unterwegs fing sie aus dem Kasten einige Dinge zusammen, doch die Männer zertraten alles, wüteten, weil sie schon spät dran waren und die Frau noch immer nicht aus dem Haus geschafft hatten. Die Kinder hielten, auch nachdem die Mutter sich schon aus dem Teigtrog gelöst hatte, weiterhin ihre Fingerchen im Teig und klammerten sich an diese warme Teigfestung. Jetzt war das Haus schon nicht mehr zu retten, begann auf einen Haufen zusammenzustürzen, und schon damals, als es zusammenzustürzen begann, stürzte es endgültig über ihren Köpfen zusammen: ins Dorf müsse sie gehen mit den Wachleuten, die wollten sie auf dem Posten über irgendwas befragen; für das Nachtmahl sollten sie einstweilen Wasser aufsetzen, damit es siede, wenn sie heimkomme, und sogleich werde sie das Nachtmahl bereiten, auch den Brotteig werde sie vielleicht noch aus der Knetwanne holen und in den Backofen schieben, sonst würde sie eben anderntags beim Tagelöhnern ein Scherzel aushandeln, damit das kleine Volk nicht hungern müsse. Sie sollten warten und das Siedewasser in der Kasserolle begießen, bis sie kommen werde, denn erledigen wolle sie es geschwind, und das Feuer im Sparherd sollten sie am Leben erhalten, vorsichtig sollten sie zu Werk gehen und die Älteren sollten nach den Jüngeren sehen. Mit den Soldaten gehe sie nun ins Tal, denn auf dem Posten verlange man nach ihr, und da werde sie die Gelegenheit nützen und versuchen, etwas Besseres zum Beißen aufzutreiben, wenn sie schon im Dorf sei, das sei so entlegen und der Weg dorthin so furchtbar lang; für jeden einzelnen werde sie eine Freude ausfindig machen und, nein, nicht mit leeren Händen zurückkehren, sie mögen nur abwarten, bis sie komme, und sollte sie sich auch etwas verspäten ...

Die Kinder setzten in der Dämmerung Siedewasser auf, hielten das Feuer am Leben, in seinem Lichtschein hockten sie bis in die Nacht, entzündeten kein Petroleum, gingen nicht unter die Haut schauen, schlafen, der Älteste unter ihnen paßte auf die Jüngeren auf. Doch aus diesem Siedewasser ist kein Nachtmahl geworden, aus diesem Feuer weder Speis noch Trank, aus dem Teig kein Brot, das Mehl würde muffig werden, der Teig säuerlich, und dennoch wurde aus der Nacht ein neuer Tag. Selbst mit leeren Händen kehrte die Mutter nicht wieder, keine der versprochenen Leckereien hatte sie auftreiben können, für immer hatte sie sich verspätet, diesen Weg in die Lehnen wird sie nie mehr beschreiten. Weder Ertragen noch Plagen konnten das Haus weiter bewahren: es verfiel, verwandelte sich in einen Schutthaufen, leer wie des Welschen Korb; größere Steine zerbröckelten zu kleinen Steinchen.

Nach einiger Zeit erschien auf dem Steilhang eine fremde Frau, nahm gebeugt weiter Anlauf auf dem Pfad am Haus vorbei in den Hang. Die Kinder hatten ihren Weg schon hinter sich, erkannten an ihrer Haltung, daß Hunger diese Frau zum Bauern trieb. Auch sie hatten mit der Mutter diesen Weg beschritten, wenn es zuhause für das Salz nicht mehr langte, damit sie des Brotes nicht entbehrten. Zuhause wurden nur zwei, drei Ackerbeete bestellt, abwechselnd wurden Erdäpfel, weiße Rüben, rote Rüben und Klee angebaut. Feldfrüchte, ungeeignet für diese gebirgige Schattenleite, laugten die Erde aus, der Acker hatte aufgehört, Frucht zu tragen, hat sich zu wenig erneuert, lange Winter und ein isoliertes Klima haben das Ihre getan. Aus dem Boden scharrten sie nur Kleinkram, magere, schäbige Knollen, und noch dieses wenige an Feldfrucht nagten die Mäuse an. Vom Bauern oben kamen sie niemals hungrig, leer nachhause getrippelt, die Mutter verdingte sich dort als Tagelöhnerin und nahm die Kinder einfach mit, damit sie den Grabern auf dem abgeernteten Rüben- oder Kartoffelacker hilfreich zur Hand gingen, und den Mähern und

Recherinnen; sie rechten das Abgemähte, machten Abrechlinge, hoben das Rechicht, verursachten insgesamt freilich mehr Umstände als Nutzen. Bei der Heumahd, als es niederdrückte, daß man schmelzen mochte, und sie die Faulheit ankam, gingen sie im stillen aus, hielten ein Schläfchen im Schatten, das Säuseln des Grases im Ohr. Manchmal brachten sie Wasser und Säuerling auf die Wiese, den Acker, wenn man aber im Gereute schnitt, beim Schleppen des Heus von diesen hochgelegenen Mahden, konnten sie sich allen Freuden einer Bergauffahrt ergeben: allein sie durften sitzenbleiben, hielten sich beidbeinig und beidarmig an den Wagen fest, während alle anderen schweißnaß und schnaufend zu Fuß den Gespannen hinterher eilten den Hügelabhang bergauf.

An allen Ecken und allen Enden breitete dieses Nachbarhaus seine Reize vor den Kindern aus: entzückt standen sie vor den für sie unzugänglichen Gemächern, wo die Bäuerin zwischen ihren häuslichen Verrichtungen verschwand und die Tür immer dicht hinter sich verschloß. Die Kinder gafften und reckten sich, hingen umsonst Sehnsüchten nach im Wunsch, irgendwo einen geheimen Spalt zu entdecken, eine angelehnte Tür, um einen Blick ins Innere zu werfen, dem Versperrten die Kraft wegzuraffen. Mit gleichem Eifer waren sie der Bäuerin auf den Fersen beim Schlagen des Rahms und beim Durchkneten des Schweinefutters, beim Entkernen des Obstes und Abschwemmen des Gemüses, sie standen im Licht und im Weg, gerieten zwischen die Beine der hin und her sausenden Hausfrau oder drückten auf der Bank sitzend die Hände zwischen die Schenkel und warteten mit den Augen, daß es weiterging, schauten schweigend der Köchin in die Töpfe, und sie entkam der Buße erst, als sie Blechnäpfe vor ihnen aufstellte auf dem für sie zu hohen Bauerntisch, noch ehe die anderen sich niedersetzten zum Essen. Wollt ihr ein bissi Fleischi hámmahámma, ein bissi Milchi pápapápa? Obwohl sie hungrig waren und von allem genug da war, hatten sie niemals etwas angerührt, von keiner Speise im Übermaß genossen. Und wenn sie eine Frucht im Gras auflasen oder wenn ihnen die Öbstlerin aus ihrem Handkorb einen Apfel anbot, war er so gut, daß es ihnen die Zunge hinterher zog. Schwelgend fielen sie über Grießschmarrn oder Brühnudeln her, schlugen sich den Bauch mit Gerstbrein voll und mit geräucherter Schweinsstelze, vertilgten den ganzen Sterz, und noch die Suppen führten sie sich mit Genuß zu: zuhause waren die Suppen nur drei Wasser und ein Regen, doch hier eine duftende wohlschmeckende Speise. Und niemals ging etwas aus: auf den Holzböcken lagen immer genug Laibe, Reindlinge, in den Tiegeln immer genug Fett, Schmalz und Honig, in den Truhen Kirschen, Apfelspalten und Nüsse, im Speicher Fleisch und Mehl. Von den Vorjahren dieser Zeit dufteten die aus Holz geflochtenen Trockenroste im Dörrhäuschen ohne Unterlaß.

Eine rechte Pracht war ein ganz weißer Acker, grobkörnig sandig, in der Niederebene gelegen und mit einem Felsenkamm und Buchenholz begrenzt. Hat man dort Feldfrüchte gesetzt oder Frühgetreide gesät oder Hirse, ob früh, ob spät im Jahr, die Samen gruben sie in den Sand, vermischten sie mit Schotter, die Setzlinge wurden nacheinander ins Felsgestein hineingesteckt, doch schau an das Wunder, jedesmal brachten Saat und Pflanzen in diesem Gestein reichlich Frucht. Noch Wochen danach gleißte der Acker Tag und Nacht, später blinkte der weiße Kies noch weiterhin durch den Wuchs, und erst als er emporkeimte und der letzte Keim austrieb, sich auslud in Höhe und Breite, da erst wich das Sandweiß ein wenig zurück unter das grüne Gilben, unter Getreidenachwuchs und Kornreifen, doch gänzlich bedeckte es sich mit Grünem, mit Gelbem nie, versteckte nur ein wenig seinen üppigen weißen Glast. Bald verstummte auf der Grießerde das Getreidegesäuse, Weizen-, Roggen-Haferschober standen in Reihen und raunten im Wind, auf den Heidenbuschen saßen Bienen. Die Arbeiten auf diesem Acker ließen die Kinder nicht los, fesselten sie an den Abhang und die Buchen, und sie beobachteten, nebeneinander am Rain oder in den Buchengabeln steckend, von oben herab die Standortwechsel von Wagen, Gerät und Vieh, folgten dem Fortschreiten der Verrichtungen und dem Eifer der Dienstboten, von allen anderen und von allem grenzten sie die der Mutter aus.

Die Kinder konnten einfach nicht genug kriegen von den Wundern dieses Hauses: von der Tenne breitete sich bald das Getreidedreschen aus, bald das

Flachsbrechen, bald das Knallen der Flegel, bald das Schälen, Entkörnen der Maiskolben. Aus den Koben war Gegrunz zu hören, im Stall rasselte das Vieh ununterbrochen mit den Ketten. Im dunklen Wald stand die Mühle, wo Mehl gemahlen wurde auf weißem Stein, Mehl gemahlen auf schwarzem Stein, versunken in der Schlucht, so daß man erst sehen konnte, nachdem einen das Getöse betäubt hatte, das im ganzen Wald verstreute und aus allen Richtungen wiederkehrende Getöse, der bei hellichtem Tag ins Wespennest des Dunkels fließende Donner, ein Gemisch von ausgescheuerten Mühlsteinen, klapperndem Stampfen, tosendem Wasser des Mühlgangs, schäumendem Wildbach, donnernd durch das Mühlgerinne des Unwetters. Vor dem Haus eine lange Trift, oben eine Weide, aufgerissen von Saurüsseln, unten eine Weide, Garten und Stall, ein Gatter am Ende der Trift, hinter dem Gatter eine Weggabelung, Steige und Kuhpfade nach allen Richtungen, von Unwettern ausgewaschene und von Hufen ausgemeißelte Wege in Felsen und Jähen und in die Ebene und ins Gefälle, Radspuren, Sprünge und Einlässe, alles auf einem Haufen, einer dieser Wege ist der Mühlweg, bewachsen mit buschigem Blattwerk, Ängste weckend, um den Verstand bringend, daß man, verschreckt und verwirrt, nachdem einem die Eule die Augen ausgepickt hat, drei Tage im Kreis taumelt, wenn man überhaupt noch in freies Feld findet, weil die im Gebiet der Mühle röchelnden blendenden Mächte einen aus ihren Zangen nicht lassen. Allein trauten sich die Kinder nie in die

Mühle, sie hefteten sich an die Fersen eines Bauern oder eines Knechts, der nach der Gosse sehen ging, wieviel noch zu mahlen sei; sie hefteten sich an die Fersen der Mahlgäste, die Korn brachten, auf Mehl warteten, zahlten, Vorauszahlungen für das Mahlen leisteten, um die Mahlgebühr feilschten, Tagelöhnen in Aussicht stellten als Vergütung. Die Mühle klapperte das ganze Jahr, das Mahlen unterbrach nur der Winter, als das Wasser in Eis aufging, unter dem Eis seine Kraft verlor, den Weg zur Mühle mit Schnee verstopfte.

Zu diesem Bauern ist die Fremde nun unterwegs, die angestrengte Haltung verrät sie, ihre Mühsal und die Dürre ihres Körpers, das Hängen des Gewandes, die Schlaffheit ihrer Beine in den Schuhen. Sie ist schon am Haus vorbeigeschwankt, hat den Hang in Angriff genommen, hält einen Augenblick inne mit ihrem Schritt, sie ist stehengeblieben. Spürte sie im Rücken das Sticheln der Augen, die sie vom Haus her einholten, groß vor Angst und vor Unbehilflichkeit gleißend; haben die Augen sie geblendet, im Vorübergehen aufgehalten, umgedreht? Deutlich sahen die Kinder, daß sie noch einen Schritt machen wollte und den Fuß schon zum Knie aufgelüpft hatte, doch sie tat es nicht, setzte den Fuß, ohne den Schritt getan zu haben, vor sich hin an die vorige Stelle. Sie setzte ihren Weg nicht fort, trieb Hunger mit Hunger aus: der Satte glaubt dem Hungernden nicht, und nur ein Hungernder vermag einen Hungernden zu verstehen. Die Unbekannte blieb, um die Kinder auf den Aufbruch vorzubereiten, half ihnen, die Kindheit zu überstehen, zu überschreiten und erleichterte ihnen den Übergang ins nächste unsägliche Alter, verwischte die Trennlinie zwischen verstümmelter Kindheit und dem Aufwachsen von Imwegstehern mit Fremden in der Fremde. Sie bereitete eine Mahlzeit, brachte Haus und Kinder ein wenig in Ordnung, trug auf, erteilte Ratschläge, stellte das Zusammengebrochene notdürftig wieder auf. Fütterte, molk die erdbeerrötliche Kuh, nahm eine Kanne Gemolkenes für sich. Die Frau blieb tagsüber, mit dem Einbruch der Nacht kehrte sie über den Steilhang zurück in die Zuflucht unten vor dem Eingang in die Klamm. Einige Zeit kam sie ins Haus, führte den Haushalt und die Wirtschaft, dann blieb sie aus: der Kriegssturm hatte sie über Nacht hierher getrieben, über Nacht war der Kriegssturm mit ihr fortgestürmt nach Unbekannt.

Die Kinder blieben allein, nun kam niemand über den Steilhang herauf, nach der Frau niemand mehr von nirgendwoher. Militärpatrouillen begegneten sie freilich schon auf dem Weg in die Holzhütte, und auch drangen Flugzeuge ein über die Berge. Überall herum, wie sie geblieben waren, verbarrikadierten sie sich im Dachgestühl, hielten sich verborgen im geheimen. Die Kinder trugen bald darauf die kleine unansehnliche Kuh zu Grabe. Die Kinder hatten die Kuh vergessen, hatten ihr kein Heu, kein Gras zu fressen gegeben, kein Wasser zu trinken, sie verstanden sich nicht auf diese Sachen. Sie hatten es verabsäumt, das Rind erst entdeckt, nachdem es alle Futterreste aufgefressen, den Stand ausgeleckt, die Hufe in die aufgewühlte Erde gegraben hatte. Durch die Ritzen drang einige Zeit noch Brüllen, Wimmern, das Muhen zersprengte schier den Stall. Sie hätten noch jetzt Futter gebracht und sie aus dem Zuber getränkt, aber das Tier tobte so furchterregend, daß das Weiße der Augen zutage trat, es an der Kette zerrte und der Balken sich schon von der Wand löste. Niemanden ließ die Kuh mehr an sich heran, wütete mit allen vieren, schlug mit den Hinterbeinen aus, rollte das Augenweiß an der leeren Krippe, preßte Schaum aus ihrem Maul. Die Kinder ketteten sie nicht los, denn die Kuh hätte sie auf der Stelle niedergetrampelt. Später legte sie sich nieder und bettete den Kopf auf den Boden, ließ den Widerstand sein, willigte ins Sterben ein, und als sie ihr, beruhigt, von fern ein Bündel Klee hinhielten, nahm sie es nicht an. Ein wenig noch und sie ist dahin und ein neuer Knochen löst sich von einem neuen Knochen. Fliegen flogen in Schwärmen von ihr auf. Gut, das letzte lebende Wesen verläßt das Haus, da soll sich noch Knochen von Knochen lösen. Auch die Kinder werden dem Vieh bald folgen, das Haus verriegeln, sich aufmachen in alle Winde ...

Die Verlassenen sammelten für einen Leikauf, trugen beim Auseinandergehen auf einen Haufen zusammen, was noch geblieben war, stapelten vor sich auf, was sich noch zusammenhielt, doch war alles nicht mehr als für einen Bettelsack. Zwischen Haus, Stall und Bienenstock tranken sie einen Abschiedstrunk, zum letzten Mal betraten sie das Rasenstück, unter dem mit altem Efeu bewachsenen Baum veranstalteten sie ein Fest, zogen die Gebäude, die Bäume näher an sich heran, verstellten sich mit Gebäuden und Gabelholz den Horizont vollständig, so hatten sie das Vaterhaus vollkommen bei sich auf einem kleinen Stück Anger ganz für sich vor sich, wenn sie die Augen vom Boden aufhoben vom Trinken. Das Heim, das sie so feierten, verherrlichten, verschlossen sie sich von drei Seiten, von drei Seiten vergafften sie sich in ihr Heim, an der offenen Seite ließen sie den Augen die Felsen, doch diese genügend fortgerückt, daß sie ihr festliches Treten und ihren Aufflug nicht gefährden würden, auf der breiten offenen Seite ließen sie hinter den Felsen die Weite, hinter den Weiten das Land jenseits der Täler, eingesunken zwischen den Felsen führte der Weg überzwerch mit seinen Zacken in Schlangenlinien in die Niederungen. Versammelt im Hof kamen sie hierher zum Abschied, gaben Abschied, nahmen Abschied zugleich, die Jüngeren stiegen den Älteren auf die Hucke. Auf diesem gründlich begangenen, im Spiel tausendmal überlaufenen grünen Anger tranken sie den ganzen Abschiedstrunk aus, gaben alles für den Leikauf.

Bei klarem Himmel gingen sie von zuhause.

Nur der Bienenstock steht noch ganz, die Bienen von den Feldern schlürfen Nektar auf den Heidenfeldern und fliegen nach alter Gewohnheit in den Lärchenwald, noch treiben sie die Schwüle flügelschlagend aus den Stöcken. Vom Stall blieb heute nichts übrig, von Haus und Anger wenig. An der Stelle, wo sich früher der Stall erhob, ist die Wiese ein wenig aufgewölbt, an der Grasnarbe kann man den ganzen Stall gerade noch erkennen. Nicht mehr, nur eine Schwellung war entstanden auf der platten Schrägung, übersät mit Maulwurfshügeln. Der Stall war seinerzeit ganz aus Holz gezimmert worden, die Stämme mit Beilen behauen, auf bloßem Boden zusammengefügt, ein wenig in die Erde gespreizt, die Balken auf Eichenlager gelegt, Eichenholz kreuz und quer, die Wände mit Schwartenbrettern und Halbholz ausgekleidet, mit angelehnten Felsbrocken abgeschlossen. Die Zimmerer verbanden das Holz für das Dachgebälk, verschalten es mit Brettern, deckten es mit Schindeln. Den Stall stellten sie auf feste Fundamente nur für die Zeit, in der Menschen da waren, und auf morsche Holzböcke für jene, wenn es keine Menschen mehr geben wird. Und als die letzten Lebewesen den Hof verließen, kam tatsächlich der Stall zuerst ins Schwanken, glitt von den Lagerbäumen, versank als erster im eigenen Haufen, von dem nur eine Auswölbung übrigblieb. Die lange Zeit, seit die Tür dieses Hauses den Kindern gegen die Fersen schlägt, haben weder das Eichenholz des Stalles noch das Gemäuer des Hauses noch das Grün des Angers überstanden.

Unten im Dorf sind die Leute schon längst vom Begräbnis nachhause zurückgekehrt.

Auch der Reisende hatte seinen Tag erledigt, seinen Geist gestillt, das Rauschen im Kopf vertrieben, sah klar, rein, umschritt von allen Seiten noch diese Wölbung, die unter sich den Stall barg, trat noch verstohlen auf den höchsten Punkt des Schutthügels, ging über die unbewachsenen Streifen der Wiesen und über Ackerfurchen, von dort bog er auf einem Umweg zurück zum Steilhang. Das Abendlicht ließ die Bergkämme schärfer hervortreten und umhüllte die Massen zu ihren Füßen mit Rauch, die Felsen glühten in der Schlucht, Steine kollerten den Steilhang hinab.

Bibliothek Suhrkamp

Verzeichnis der letzten Nummern

1498 Andrej Bitow, Georgisches Album
1499 Gerald Murnane, Die Ebenen
1500 Thomas Kling, Sondagen
1501 Georg Baselitz/ Alexander Kluge, Weltverändernder Zorn
1502 Annie Ernaux, Die Jahre
1503 Roberto Calasso, Die Literatur und die Götter
1504 Friederike Mayröcker, Pathos und Schwalbe
1505 Cees Nooteboom, Mönchsauge
1507 Gerald Murnane, Grenzbezirke
1508 Miron Białoszewski, Erinnerungen aus dem Warschauer Aufstand
1509 Annie Ernaux, Der Platz
1510 Sophie Calle, Das Adressbuch
1511 Szilárd Borbély, Berlin-Hamlet, Gedichte
1512 Annie Ernaux, Eine Frau
1513 Fabjan Hafner, Erste und letzte Gedichte
1514 Gerald Murnane, Landschaft mit Landschaft
1515 Friederike Mayröcker, da ich morgens und moosgrün. Ans Fenster trete
1516 Marie-Claire Blais, Drei Nächte, drei Tage
1517 Annie Ernaux, Die Scham
1518 Rosmarie Waldrop, Pippins Tochters Taschentuch
1519 Sophie Calle, Wahre Geschichten
1520 Elke Erb, Das ist hier der Fall
1521 Carl Seelig, Wanderungen mit Robert Walser
1522 Cees Nooteboom, Abschied
1523 Wolf Biermann, Mensch Gott!
1524 Peter Handke, Mein Tag im anderen Land
1525 Annie Ernaux, Das Ereignis
1526 Andrej Bitow, Leben bei windigem Wetter
1527 Mary Ruefle, Mein Privatbesitz
1528 Nicolas Mahler; Arno Schmidt, Schwarze Spiegel
1529 Guido Morselli, Dissipatio humani generis
1530 Ludwig Wittgenstein, Betrachtungen zur Musik
1531 Rachel Cusk, Coventry
1532 Samuel Beckett, Proust
1534 Gerald Murnane, Inland
1535 Katja Petrowskaja, Das Foto schaute mich an
1536 Peter Handke, Zwiegespräch
1537 Marianne Fritz, Die Schwerkraft der Verhältnisse
1539 Annie Ernaux, Das andere Mädchen
1540 Felix Hartlaub, Aufzeichnungen aus dem Führerhauptquartier
1541 Sylvia Plath, Das Herz steht nicht still
1542 Dmitri Prigow, Katja chinesisch
1543 John Jeremiah Sullivan, Vollblutpferde
1544 Esther Kinsky, Weiter Sehen
1545 Ralf Rothmann, Theorie des Regens
1546 Tomaž Šalamun, Steine aus dem Himmel
1547 Maria Stepanova, Winterpoem 20/21